MAURICE BOUCHOR

13

CONTES PARISIENS

EN VERS

D'ailleurs, — et j'en préviens les mères de familles,
Ce que j'écris n'est pas pour les petites filles
Dont on coupe le pain en tartines.
THÉOPHILE GAUTIER.

LES TROIS VERTUS THÉOLOGALES
LE MARQUIS DE LA GÂTE
JEAN DE PATMOS A L'ACADÉMIE — L'AMOUR A FORFAIT
LE CORPS SANS AME — L'AS DE CŒUR, ETC.

PARIS

G. CHARPENTIER, EDITEUR

13, RUE DE GRENELLE-SAINT-GERMAIN, 13

1880

CONTES PARISIENS

EN VERS

IL A ÉTÉ TIRÉ

Dix exemplaires numérotés sur papier de Hollande.

OUVRAGES DU MÊME AUTEUR

PUBLIÉS DANS LA BIBLIOTHÈQUE-CHARPENTIER

à 3 fr. 50 le volume

Les Chansons joyeuses.

Les Poèmes de l'Amour et de la Mer.

Le Faust moderne, histoire humoristique en vers et en prose.

Paris. — Impr. E. Capiomont et V. Renault, rue des Poitevins, 6.

Dessiné par Georges Rochegrosse

MAURICE BOUCHOR

CONTES PARISIENS

EN VERS

D'ailleurs,— et j'en préviens les mères de familles,
Ce que j'écris n'est pas pour les petites filles
Dont on coupe le pain en tartines.

THÉOPHILE GAUTIER.

LES TROIS VERTUS THÉOLOGALES
LE MARQUIS DE LA GÂTE
JEAN DE PATMOS A L'ACADÉMIE — L'AMOUR A FORFAIT
LE CORPS SANS AME — L'AS DE CŒUR, ETC.

PARIS

G. CHARPENTIER, ÉDITEUR

13, RUE DE GRENELLE-SAINT-GERMAIN, 13

—

1880

PRÉFACE

Si négligemment que le lecteur ait chaussé ses
lunettes vertes, il n'aura pu manquer d'apercevoir
les vers de Théophile Gautier qui servent d'épi-
graphe à ce livre. Un si clair avertissement empê-
chera, j'imagine, qu'on ne m'accuse de vouloir
corrompre la jeunesse. Non pas que corrompre la
jeunesse ne me semble être, en soi, une belle et
bonne chose ; mais je serais désolé qu'on me con-
fondît avec Socrate, et qu'on m'attribuât ses vertus ou ses vices, disons mieux, *son* vice.

En repos de ce côté-là, je tiens à me justifier
d'avance auprès des goutteux et autres *infirmes*
non moins précieux qui croiront trouver ici des
anecdotes croustillantes et des fantaisies graveleu-
ses. L'innocence de mes histoires désappointerait

ces gens-là. Certes, j'eusse avec plaisir écrit un de
ces livres de haute futaie, ou plutôt « de haute
graisse, légers au pourchas et hardis à la rencon-
tre, » mais ni la pudeur de mon siècle ni la foi-
blesse de mon cerveau ne me permettent de marcher sur les traces du sublime écrivain que je viens
de citer. Dans deux ou trois contes seulement, j'ai
laissé ma plume vagabonder, battre les buissons,
trousser le cotillon et caresser le menton aux jeunes Gauloises (ce sont les expressions libertines)
qu'elle a pu lever en chemin. J'ai été réduit, çà et
là, à travestir quelques mots en les affublant de
lettres grecques. Si j'avais eu la primeur d'un si
bon tour, j'en serais justement fier ; mais Saint-
Amant a pratiqué ce stratagème bien avant moi.
Au reste, je me flatte que tous mes lecteurs réta-
bliront sans peine le texte français ; les gens d'esprit par induction, et les plus stupides pour avoir
eu des prix de version grecque. (J'en ai eu.)

Voilà toutes mes hardiesses, et que n'y en a-t-il
davantage! Je suis presque honteux de crier moi-
même : « *Shocking!* » pour si peu de chose. Aussi
bien, puisque nous remuons les libertés à la pelle,
celle d'écrire serait la bienvenue : et plût à Dieu
(si cette locution est encore de mise) que les voca-
bles de toute nature pussent ronfler et clabauder à

leur aise, pétarrader, piaffer, renifler, renâcler,
rauquer, grisoller comme des alouettes dans la lumière du matin, cacaber comme des perdrix, grin-
gotter comme des grives et trompeter à la façon
des aigles, sonner du fouet, battre du cor, claquer
des ailes, giguer et pantalonner frénétiquement,
danser sans nulle retenue la pavane, le passepied,
la gavotte, la loure, la polonaise, la sarabande, la
bourrée, la goignade (laquelle, à ce que Fléchier ra-
conte, sur le fond de gaieté de la bourrée ajoute une
broderie d'impudence), la chacone, la passacaille
(do sol! mi fa!! sol la!!! fa sol!!! ré mi!! si naturel
do! fa sol... do), la forlane (danza veneziana), la
trévisane, la tarentelle, le rigodon, la farandole,
la courante, le menuet, le séga des nègres, et, en
ce qui concerne l'antiquité, la sévère pyrrhique
et la cordace voluptueuse (pour ne pas dire autre
chose); jouer du gong et du tam-tam, du bobre,
du bugle, du saxotrombas, du triangle, du chapeau chinois, du nébel et du kinnor, de la syrinx
et de la muse de blé, chatouiller avec les doigts
de la main gauche les trois trous du galoubet,
tandis que la main droite marque allégrement le
rhythme sur un tambourin, galoper comme des
Cosaques sur les touches du clavicorde, se moucher
bruyamment dans des trombones, pincer le téorbe,

gratter le psaltérion, râcler la rote et le rebec,
faire mugir et pleurer la viole de gambe, ronronner
les timbales, frémir les cymbales, siffler le fifre et
sangloter la flûte traversière, glousser la clari-
nette, nasiller le hautbois et le basson grogner, et
finalement se lutiner en diverses manières, c'est-à-
dire baudouiner, couvrir, souiller (*alias* verricher)
fortbouesier, vétiller, s'empreindre les uns les
autres ou béliner (c'est la même chose), ruter,
frayer, se grimper dessus, cocher et même bou-
gironner (les drôles!), margauder, saillir, et cætera, et cætera, et cætera, et tant de verbes neutres
qu'on voudra : tout cela comme au siècle de Rabelais, fallût-il même, pour atteindre une fin aussi
désirable, griller la plante des pieds à quelques
ministres protestants et joyeusement fricasser tout
ce qui peut nous rester du centre gauche. Amen.

MAURICE BOUCHOR.

P. S. — Voilà qu'au dernier moment j'ai, pour
certaines raisons de santé, enlevé de ce recueil
l'histoire la plus appétissante qui s'y trouvât, celle,
à vrai dire, qui a donné lieu à cette explicite pré-
face. Le lecteur, privé d'un si friand morceau, se

consolera aisément s'il veut suivre un conseil tout
paternel : qu'il prenne le train du soir, par exemple,
ou celui du matin, ou un autre, et qu'il aille, soit
à Wien, soit à München, soit à Köln, entendre
l'*Anneau du Niebelung* de Richard Wagner ; ou
bien encore, qu'il se joue, à l'orgue, tous les pré-
ludes et toutes les fugues de Bach (**J. S.**) avec pé-
dale obligée. Et certes, mieux vaudrait qu'il s'at-
telât résolument à la musique de ces deux maîtres
immortels, dont l'un est inconnu en France, l'autre
ridiculement attaqué et bafoué ; au lieu de gaspil-
ler son argent, de galvauder son temps, de s'user
les yeux et de s'irriter la pie-mère à lire le présent
volume et autres inepties de même gabarit.

LE

MARQUIS DE LA GATE

ÉTUDE SUR L'ARISTOCRATIE

A

HENRI MERCIER

Assez faire de bleus à ma pauvre guitare !
Mes doigts, pour réjouir d'innombrables badauds,
Vont lui tambouriner des chansons sur le dos ;
Quelque chose de gai, dans le genre tartare.

Ce lamentable siècle est en proie au catarrhe ?
Eh ! bien, hurle en plein vent des refrains de soulauds,
Et jusques aux talons refoule tes sanglots :
Il faut être joyeux, puisque la joie est rare.

A HENRI MERCIER.

Moi, je viens d'accoucher de ces treize poupons.
Ils ont déjà l'œil vif, des mines de fripons,
Et, tortillant du xxi., chacun d'eux se trémousse.

Je t'offre celui-ci, digne et sobre Mercier.
Baise complaisamment sa mignonne frimousse,
Et bois un coup de vin pour me remercier.

LE

MARQUIS DE LA GATE

~~~~~~~~

I

C'est dans un avant-poste, une vieille baraque
Où l'eau suinte des murs et que le vent détraque :
Des francs-tireurs sont là. C'est un piètre logis,
Mais peut-être demain les champs seront rougis
Du sang jeune et brûlant qui bat dans leurs artères.
Paris est derrière eux, qui meurt de faim. — Naguères,
C'étaient des jeunes gens pommadés et frisés
Dont la lèvre vermeille appelait les baisers ;
Qui tous les jours changeaient quatre fois de chemise
Et d'habits, et trouvaient à redire à leur mise ;

Ou bien des débauchés, d'intrépides viveurs
Peu faits pour mendier de trop lentes faveurs :
Ces lurons fréquentaient des femmes de théâtre
Et ne sourcillaient pas pour embrasser du plâtre.
Là se trouvent encor des membres du Jockey,
Un marchand de bouillon richissime et toqué,
Et, pour finir, un peintre à la moustache blonde
Qui s'est insinué, depuis peu, dans le monde.
Du reste ces gens-là se moquent de mourir ;
Tous ont eu des duels. Mais veiller, mais souffrir
Du froid et de la faim, manquer de confortable,
Chercher fiévreusement quelque matou sortable
Et, le soir, dans les champs, déterrer des navets
Et des topinambours hideusement mauvais,
C'est un triste métier qui dessèche et qui mine
Des gens fiers avant tout d'une excellente mine.
Depuis une semaine on s'ennuie à crever
Et l'on n'est pas sorti. Beau plaisir, d'enlever
Des postes, d'éveiller à coups de baïonnettes
D'excellents Allemands, des bourgeois fort honnêtes
Qui soupirent après leur ville et leur jambon,
La choucroute et le nez de veau (trouver ça bon !),
Les chœurs habituels, et la chope bien pleine
Qu'on voit mousser, et leurs pipes de porcelaine !
— Aussi nos élégants fument d'un air pensif,
Comme des condamnés à mort. Quelque naïf

Songe à la politique embrouillée et stupide
Qui paralyse un peuple autrefois intrépide!
A terre, on voit grouiller un vicomte charmant
Qui n'est plus qu'une dette; et concupiscemment
Il rebaise un portrait d'actrice. Deux bons drilles
Sifflent en les brouillant de vieux airs de quadrilles,
Pour se ravigoter de souvenirs heureux.
Un autre, se trouvant l'estomac par trop creux,
Comme il ne peut manger, pompe avec énergie,
Et l'on voit à son teint si c'est de l'eau rougie
Ou bien quelque boisson plus tonique. A côté,
Le club des mirlitons ronfle avec volupté
Sous la forme d'un peintre à petites moustaches,
Tandis que deux messieurs, bien mis et fins d'attaches,
Qui, dans le temps, auraient fait merveille à la cour,
Sont en train de jouer au *bac* sur un tambour.
J'oubliais d'indiquer — mais, est-ce bien la peine? —
Mon premier personnage : une noblesse ancienne,
Le même nez busqué de ses soixante aïeux,
Un sang qui mainte fois dans les combats joyeux
A doré notre terre héroïque de France,
Tout cela revivait avec peu d'espérance
Dans la personne du gommeux intitulé
François-Joseph, marquis de la Gâte-Brûlé,
Dont le blason valait celui de bien des princes.
Le marquis est fort pâle, et sur ses lèvres minces

Flotte un sourire assez dénué d'à-propos.
Sa façon d'admirer le groupe de Carpeaux
Est d'avoir pour maîtresse une danseuse habile.
Cet homme est marié, mais il n'a pas de bile
Et pardonne à sa femme, une blonde aux doux yeux,
Qui l'aime et qui le pleure. Il semble déjà vieux,
Cet excellent marquis ; sa marche est incertaine
Bien qu'il n'ait pas encor dépassé la trentaine,
Et sa mémoire et lui se livrent des combats
Pour accoucher des mots qui ne lui sortent pas.
Son crâne resplendit. Au fond de quelle alcôve
A-t-il pu devenir si terriblement chauve ?
Je n'en sais rien, ni vous non plus. — Pour le moment,
Il joue au bilboquet, tout seul ; et se pâmant
A chaque coup manqué, par sa façon de rire
Donne de violents symptômes de délire.

Cependant l'on s'anime, on cause. Quelquefois
Eclate un quolibet ; puis des éclats de voix
S'élèvent ; les propos vont leur train. « Tu sais, Chose ?
Le voilà qui se colle avec la grande Rose.
— Qui ça, Chose ? — Comment, tu ne le connais pas ?
Mais c'est Machin, parbleu. — Machin ? Oh ! dans ce cas...
— Mes petits cœurs, je crois qu'avant une semaine
Nous aurons du nouveau. — Bon ! pourvu qu'on nous mène,

Nous irons bien casser quelques nez aux Prussiens.

— Eh! menons-nous tout seuls, c'est plus simple! — Tiens, tiens,

Mais je deviens très fort, dit le marquis. Vingt-quatre!

Un joli point. — Gageons que je m'en vais abattre,

Fait un des deux joueurs. J'ai huit ou neuf. — C'est bon,

Nous verrons ça, mon vieux. — Je tremble. Nom de nom!

Tu me flanques toujours des *patards*. J'imagine

Qu'une ancienne m'en veut, sous la forme d'Argine.

Est-ce comique! Vrai, je n'ai jamais tant ri.

— Que je mangerais bien un pied de céleri,

Fait observer l'ivrogne. — Allons, beugle l'artiste

Endormi, *tiens-toi bien, Velasquez!* — C'est fort triste,

Un si joli garçon qui rêve à la couleur.

— Ce poste manque un peu de πυταιυς. — O chaleur!

— Sacrebleu qu'on s'embête, ici! — Beauté mutine,

J'aimerais à téter le bout de ta bottine,

Soupire le vicomte. — Ah çà! Gâte-Brûlé,

C'est ta garde, demain? — Oui, jeune écervelé;

Mais, à part le respect qu'on doit au capitaine,

J'irai dedans Paris courir la pretentaine.

Germain, tu monteras ma garde, m'entends-tu?

— Oui, monsieur. — Ce valet, au moins, n'est pas têtu.

Çà, mon vieux, ne va pas faire casser ta tête?

J'en serais désolé. Ne bats pas en retraite;

Mais si tu vois venir les balles, mon ancien,

Fiche-toi sur le ventre et fais semblant de rien.

— Oui, monsieur le marquis. — Car une sentinelle,
Vois-tu, Germain, ne doit jamais faire de zèle,
Mais s'embêter le plus possible. Couche-moi.
Ouf, je suis fatigué. Là, je suis comme un roi ;
Comme un roi qui serait joliment mal. Quel ange
Que cette Paméla! L'œil gauche me démange ;
Tiens! et l'œil droit aussi, je crève de sommeil.
O Paméla! Je crois qu'un service en vermeil
Ferait bien son affaire, à cette brave fille.
Comme elle pirouette et comme elle gambille!
Quelle âme! quels jarrets! Taisez-vous donc, là-bas ;
On ne peut pas dormir. Que le Dieu des combats
Veille sur toi, Germain! Je m'endors. Quelle scie,
Encor, que la famine. Une épaule farcie
Me plairait bigrement à déjeuner. Holà!
Je me cogne. Demain je vais voir Paméla,
Paméla... Pa... mé... la... Krrr...!! »

                                        Et le gentilhomme
Jusques au lendemain matin ne fit qu'un somme.

II

Tandis que le marquis fait la noce à Paris,
Inquiet de savoir s'il sera bientôt gris,
Et, prenant une pose aimable et paresseuse,
Croque des aboukirs aux pieds de sa danseuse,
Germain, comme un chasseur le fusil sous le bras,
Monte sa faction sans le moindre embarras.
Il est seul, dans les champs. Au loin, la neige vierge
Etincelle. Il fait froid.

         « Je pense qu'une auberge
Est un délicieux endroit pour se chauffer.
(Germain, quand il est seul, aime à philosopher.)
Un feu clair, pétillant ; et puis une omelette...
Quelle béatitude absolue et complète !
Une omelette au lard, c'est ça le paradis ;
Évidemment, c'est ça. Puisque je vous le dis !...

Mais je suis seul, au fait. Et dire que mon maître
Auprès de Paméla goûte un parfait bien-être...
Heureux coquin ! Voilà ce que j'appelle un sort.
Mais il n'est pas malin, le marquis : pas très fort.
Bah ! il est, après tout, d'assez bonne naissance...
Voilà sept ans que nous avons fait connaissance ;
Un congé, quoi. J'en suis content ; nous avons ri
Ensemble si souvent ! Il est mauvais mari,
Par exemple : il faudra — pauvre petite femme !
J'ai pitié d'elle, moi. Oui, faut que je réclame ;
Je lui dirai : monsieur le marquis, c'est pas bien.
D'abord — car, vous savez — aimez-la, nom d'un chien !
Je lui dirai tout plein de choses bien senties.

A propos, qu'attend-on pour faire des sorties ?
Moi, si j'étais Trochu, j'aurais bientôt fini.
Ils sont tous bons à mettre au bazar de Cluny !
Voyons, si ce n'est pas à hausser les épaules ?
Avec ça, les Prussiens nous en font voir de drôles ;
Guillaume est très malin, Fritz veut tout embrocher...
Fritz, quel singulier nom ! c'est un nom de cocher :
J'aime bien mieux Germain, ça flatte davantage.
Ah ! diable ! »

Au beau milieu de tout ce radotage,

Un obus éclata, puis d'autres. Le valet
Était peu rassuré ; mais, comme il le fallait,
Que, d'ailleurs, il était Parisien de race
Et que l'esprit vaut bien une bonne cuirasse,
Il se donna le change en blaguant le danger.
« Mon ami Fritz n'a pas voulu se déranger,
Reprit-il, il m'envoie au moins une ambassade.
Bien obligé, mon vieux, je la trouve maussade.
Encore un. Boum, voilà ! C'est une grêle, alors ;
Une bombe glacée, une ! Ils ne sont pas morts,
Les artilleurs de Fritz ; le diable les emporte ! »

Peut-être eût-il longtemps péroré de la sorte ;
Mais soudain un éclat d'obus le décolla.
« Je suis *fritz*, » pensa-t-il. Et son chapeau roula
Par terre avec sa tête.

« Eh ! bien, mon cher là Gâte,
Que fait notre Paris ? — Il brait, mais on le bâte :
Il n'a plus que du foin à manger. Et Germain,
Comment se porte-t-il, cet illustre Romain ?
— Il ne se porte plus, ton Germain ; c'est la terre
Qui s'en charge. — Quel est encore ce mystère ?
Dit le marquis. — Parbleu, c'est que Germain est mort,
Mouché par un obus ; et tu n'as pas eu tort
De le mettre à ta place. — Ah ! diable, diable, diable !
— A quinze pas de lui (spectacle pitoyable !)
Sa tête lui faisait la grimace. Vraiment,
Voilà ce qui s'appelle un fichu dénoûment.
— Sambleu ! » fit le marquis.

                         Toute cette journée
Il se promena seul. La mort inopinée
De l'honnête Germain l'avait bouleversé ;
Ce n'était plus le fat languissant et lassé,
Pris de spleen, grasseyant, verni d'indifférence ;
C'était un homme enfin mordu par la souffrance,
Qui ne comprenait pas qu'on vînt le déranger,
Qui ne savait quoi faire et comment se venger.
Vers le soir, son parti fut pris. « Sale canaille !
Disait-il. A-t-on vu tuer la valetaille ?
Pourquoi faire ? Je suis assez peu belliqueux,
Mais je réglerai bien cette affaire avec eux.
Lui, ce brave Germain. Le tonnerre les broie !
Je sens que je deviens une bête de proie.
Si j'avais été là, c'est moi qui serais mort :
Ainsi, je dois mourir. J'ai beau faire ; mon sort
Était marqué d'avance, il faut bien que je meure.
C'est ma femme, qui va pleurer ! mais qu'elle pleure ;
Ma vie est une dette à l'Honneur des aïeux,
Et pour la rareté de la chose, je veux
Avoir payé ma dette à ce monsieur Dimanche. »

Tout se taisait. La plaine au loin, lugubre et blanche,
Comme un drap mortuaire étendait ses plis froids.
Sur ce champ-là devaient se planter bien des croix...

Attendre une bataille eût été long peut-être ;
Et puis on n'est pas sûr de mourir, on s'empêtre
Au milieu des blessés. Mais non, ce n'était pas
Dans le tumulte et dans l'ivresse des combats
Que le marquis voulait s'offrir comme une cible
A l'ennemi : tuer le plus de gens possible
Et mourir sûrement, sans un dernier adieu,
Sans dire un mot, tout seul, c'était bien là son vœu.
Au plus noir de la nuit, il quitta la baraque.
La neige de satin, qui frissonne et qui craque,
Développait son blanc tapis. A l'horizon,
Un poste de Prussiens sans doute, une maison
Dardant comme des yeux ses fenêtres rougies,
Fascinait cet ancien habitué d'orgies
Qui marchait maintenant, sombre et le front baissé,
Serrant entre ses doigts son chassepot glacé.
En route, il trouverait quelque factionnaire
Qui lui crierait : qui vive ? en allemand. Tonnerre !
Quel beau coup de fusil ! dent pour dent, œil pour œil.
Ce soldat-là pouvait commander son cercueil.
Après quoi, le marquis prendrait le pas de charge ;
L'ennemi réveillé n'en mènerait pas large,
Et l'on verrait la suite.

                    Or, en ce moment-là,
La Gâte se mit à songer à Paméla.

Il est vrai que le vent le glaçait jusqu'aux moelles ;
Il eût fait bon marché de toutes les étoiles,
S'il eût pu les changer contre un lit tiède, avec
L'emplâtre d'un baiser bien senti sur le bec.
La vie est après tout une chose divine ;
Et la Gâte quittait une jambe très fine,
Cent mille francs de rente et d'excellents dîners.
Ces méditations allongèrent son nez ;
Mais il se raffermit en se traitant de lâche,
Et parlant à mi-voix : « D'où vient que je me fâche ?
Le sort m'a désigné ; je dois mourir. Il faut
Que cela soit ! D'ailleurs, monter à l'échafaud
Comme fit mon aïeul, est plus désagréable.
La mort est de ces vins qu'en souriant on sable
Quand on porte d'azur au chef de .... Trahison !
Je ne me souviens plus même de mon blason.
Çà, que je l'écartèle aux armes de la lune. »

La lune apparaissait en effet. « Vieille prune,
Lui cria le marquis, comment te portes-tu ?
Quand on est si malade, il faut être têtu
Pour s'obstiner à vivre. Eh ! la vieille, es-tu sourde ?
Si tu veux boire un coup de rhum, voici ma gourde.
Mais non, rien ne saurait t'empêcher de mourir ;
Et comme toi, les lis ont fini de fleurir !

2.

La noblesse et la lune en tout point sont pareilles ;
Elles sont rococo, les pauvres bonnes vieilles.
Toutes deux elles ont leurs quartiers. (Tiens, pas mal.
D'où vient que Paméla me traitait d'animal ?)
Et puis toutes les deux, blêmes, violacées,
N'ont plus que du sang bleu dans leurs veines glacées.
Crève donc comme nous, vieil astre démodé !
Quant à moi, lune, avant que d'être décédé,
Je dépose un baiser sur ta pantoufle exquise,
Et prends très humblement congé. Bonsoir, marquise. »

Il se vit interrompre en ses propos galants
Par un cri guttural. Il fut donc à pas lents
S'agenouiller derrière une petite butte,
Et chargea son fusil. Au bout d'une minute,
Il vit la sentinelle ; elle poussa son cri
De nouveau. Le marquis d'avance avait souri ;
Il visa lentement ; le coup partit, et l'homme
Fit un trou dans la neige avec son nez. Puis, comme
On avait dû, là-bas, se réveiller au bruit,
Le marquis rechargea son arme, et dans la nuit
Bondit avec fureur vers la rouge lumière
Qui semblait, comme un œil, cligner de la paupière.
Tout en courant, il mit sa baïonnette. Enfin
Il arriva devant le poste : quelle faim

De meurtre le saisit, quand il vit un gros mâle
Qui luttait contre son sommeil! Farouche et pâle,
Le marquis s'avança; puis, d'un grand *coup lancé*,
Il lui planta le fer dans la gorge. Blessé,
Le gros homme ne put pas dire une parole,
Mais il eut un regard effrayant. « A l'école,
Dit le marquis; voilà pour t'apprendre à veiller! »
Il retira sa lame, et puis, sans sourciller,
L'essuya tout entière au front de sa victime,
Comme un vrai criminel l'eût fait après le crime.
Cependant les Prussiens se levaient effarés;
Ils étaient huit ou dix. « Défendez-vous! parez!
Hurlait le franc-tireur ainsi qu'un frénétique.
Tiens, emporte-moi ça jusque dans ta Baltique.
Attrape celle-là. Si vous êtes gourmands,
Buvez-moi ce bouillon, gros cochons d'Allemands! »

Les autres, stupéfaits, mal éveillés du reste,
Se défendaient comme ils pouvaient. Rapide et leste,
Le marquis leur glissait toujours entre les mains.
On eût dit qu'il avait une bande de nains
Acharnée après lui. Sa rouge baïonnette
Dans la mêlée avait pris à plus d'une tête
Des morceaux de cervelle avec des cheveux blonds.
Quand il fut épuisé, marchant à reculons

Il alla s'adosser au mur ; terrible encore,
Il se défendit là presque jusqu'à l'aurore.
Gare à qui s'approchait de lui ! Silencieux,
Il avait des éclairs de haine dans les yeux.
A la fin, tout couvert de sang et de blessures,
Léguant un noble exemple aux époques futures,
Horrible, furieux, que dis-je ? échevelé,
S'abattit le marquis de la Gâte-Brûlé.

LE CRAPAUD

CONTE VERT

A

ANTONY BLONDEL

Au pays des sapins et des pâtés de truite,
Dans les Vosges, là-bas, nous avons bien souvent
Lampé d'excellent kirsch, ami, tout en rêvant
A ce vaste Univers sans formule et sans suite.

Notre vie est sans fin détruite et reconstruite ;
Nous vivons notre mort et mourons en vivant,
Quoique les vains regrets et l'espoir décevant
Dérobent à nos yeux les choses dans leur fuite.

A ANTONY BLONDEL.

Pour me distraire un peu de l'obscur Univers,
J'ai fort patiemment limé ces quelques vers :
Mon bizarre Blondel, à qui les donnerai-je ?

A toi, le compagnon de mes mornes gaîtés,
En souvenir des monts où rayonnait la neige,
De nos sombres sapins, du kirsch, et des pâtés.

LE CRAPAUD

~~~~~~~~~

Nous venions d'entamer notre lune de miel.
Nous l'avions écornée à peine ! et, dans le ciel
Des premières amours, cette tartine blonde
Étalait sa surface appétissante et ronde.
Ce soir-là, nous étions assis au coin du feu ;
L'on était (il me semble) en janvier. Peu à peu
S'était faite la nuit dans la chambre bien close
Où s'exhalait un faible et frais parfum de rose.
C'était plaisir de vivre, et, de mon bon fauteuil,
Je regardais avec un légitime orgueil
Ma jeune femme aux yeux couleur de violette.
Aux clairs reflets du feu chatoyait sa toilette ;

3

Et Kate reposait sur sa mignonne main
Sa tête aux cheveux d'or bouclés. Un vieux Romain
Se fût montré sensible à sa « grâce touchante » ;
Et je la suppliais, la petite méchante...
Mais, passons.—Au dehors, je crois bien qu'il neigeait ;
Notre égoïsme à deux s'en faisait un sujet
De délice : on était si bien dans cette chambre !
Je logeai mon cigare en son fin tube d'ambre,
Et me mis à fumer très confortablement.
Incapable de dire un mot, et m'abîmant
Dans des réflexions toutes pleines de joie :
Tandis que, laissant voir un peu son bas de soie,
Ma chère Cendrillon se moquait de l'hiver
En rôtissant au feu sa pantoufle de vair.

Le feu s'assoupissait, et la chambre était noire.
« Ce serait bien gentil de me dire une histoire,
Fit Kate, une très longue histoire, tu veux bien? »
Oh! j'aurais refusé, parbleu! mais le moyen?
C'est que Kate jouit d'un accent britannique
Qui lui donne un parler chantant, absurde, unique,
Que je qualifierai d'adorable. Il fallait
M'exécuter, c'est clair. Mais tout mon chapelet
Était depuis longtemps égrené ; ma mémoire
Ne logeait pas, hélas! la plus chétive histoire.
Ayant donc appelé le grand Machiavel
A mon secours, dans cet embarras très réel,
« Mon enfant, répondis-je, (enfant! pas davantage ;
Mais cet air paternel seyait à mon grand âge),
Mon enfant, il était une fois... — C'est cela! »
Cria-t-elle ; et soudain, son œil étincela.

« Il était une fois, repris-je, un roi de Perse...
Était-ce un roi de Perse? en tous cas, je me berce
De l'espoir que c'était pour le moins un pacha
D'Asie ou d'autres lieux. »

                            Là, Kate s'approcha
De moi: pauvre mignonne! elle était suspendue
Au frêle fil de cette histoire prétendue.

« Le roi, continuai-je, avait un grand vizir
Auquel il fit couper la tête, par plaisir...
— C'est horrible! dit-elle. — Attends un peu. Ce prince,
Ayant empoisonné ses parents de province,
Combattit le géant Mac-Gregor; tout d'un coup,
Il aperçut un singe à figure de loup,
Qui mangea les sept fils de la vieille sorcière.
Le repas fut servi d'une façon princière...
— Je n'y comprends plus rien, dit Kate.—Oh! tu verras,
Tout s'explique à la fin. »

                      J'avais donc sur les bras
Le géant Mac-Gregor; mais, derrière la tête,
Je conservais encor l'espérance secrète
Que Kate partirait pour le pays vermeil
Où sur ses ailes d'or nous conduit le sommeil.

Aussi, je poursuivis résolument : « La grotte
Était de corail bleu ; mais, d'un seul coup de botte,
Le géant la jeta par terre. J'ai grand faim !
Grommela-t-il ; et comme il avait le nez fin,
Il se mit à flairer partout. Le roi d'Asie
(Ce bon roi revenait hanter ma fantaisie)
Avait une massue aux clous de fer... »

                              Soudain,
Je quittai mon fauteuil et bondis comme un daim.
« Je ne me souviens plus du tout de cette histoire,
Dis-je, mais j'en sais une authentique. Victoire !
— Tu vas devenir fou, dit Kate. Que veux-tu
Que je comprenne à ton récit ? — C'est rebattu,
Tout cela ! les géants ont fini leur carrière,
Répondis-je. Messieurs les pourfendeurs, arrière !
Je m'en vais te conter une histoire d'amour.
— Son titre ? — Le Crapaud. — Va donc, j'écoute. — Un jour,
Dis-je avec assurance (enfin, j'en tenais une !)
Un jour, un soir plutôt, car c'était à la brune,
Dans un pays bizarre, un pays très lointain,
Dans un siècle fort vague, autant dire incertain,
Sous le règne du roi... Voyons, son nom commence
Par un R, ou peut-être un Y grec. — Ta démence
Est au comble, dit Kate ; il m'importe vraiment
De connaître le nom du roi ! — C'est alarmant,

                                         3.

Fis-je : serais-je en proie à quelque maladie?
Je ne pourrai jamais jouer la tragédie,
Ni même prononcer un discours. Je poursuis ;
Mais rappelle-moi donc, ma mignonne, où j'en suis.
— Tu n'as pas commencé. — Pas commencé, ma belle?
Si, je t'ai dit qu'un soir... — Et voilà tout, fit-elle.
— Eh! bien donc, ce soir-là, dis-je (sans me fâcher),
Une vieille envoya sa fille lui chercher
Je ne sais quoi, de l'eau, si tu veux bien. La fille
(Et pourquoi le tairais-je?) était propre et gentille,
Rose, et de beaux cheveux cendrés jusqu'aux jarrets.
Elle alla donc au puits avec un pot de grès,
Mais le puits était vide! Elle en fut désolée,
Et, les larmes aux yeux, s'assit toute troublée
Sur le rebord du puits, en regardant son pot.
Tout à coup, elle vit apparaître un crapaud,
Un malheureux crapaud, furtif, brusque et timide.
Il regarda la vierge avec un œil humide,
Un bel œil d'or tout rond, et dit (car tu sais bien
Que dans ce pays-là, sous ce roi très ancien,
Plusieurs bêtes parlaient français) : « Mademoiselle!
Je souffrirais que vous doutassiez de mon zèle ;
Qu'est-ce qui vous chagrine? — Oh! monsieur le crapaud,
Lui dit la jeune fille étouffant un sanglot,
Vous le voyez, ce puits est à sec : comment faire
Pour n'être pas grondée, en rentrant, par ma mère?

— Moi, je puis vous aider, dit le batracien ;
Et l'on ne dira plus que je suis bon à rien !
Ce puits dans un instant va se remplir d'eau claire,
Si vous voulez... pardon, je crains de vous déplaire,
Je n'ose... — Mais parlez, dit-elle. — Eh ! bien, il faut
Que vous me promettiez de m'épouser. — Crapaud,
Dit la vierge, avec une espèce de sourire,
Je le promets. — Est-il possible? quel délire !
Dit l'animal ; merci. » Là-dessus, il plongea
Dans l'herbe et disparut. Mais l'eau claire déjà
Montait en murmurant, et mouillait la margelle.
Riant de l'aventure, alors, la jeune belle
Mit de l'eau dans sa cruche, et, de son pas léger,
Prit sa course à travers les prés, sans plus songer
Qu'elle était fiancée à cet être bizarre. »

Là, je m'interrompis pour jeter mon cigare.
Le feu ne lançait plus de flamme ; il faisait noir,
Et, m'étant approché de Kate pour la voir,
« Dors-tu? » lui demandai-je, avec une tendresse
Maternelle, vraiment. « Oh ! non, je m'intéresse
A ce pauvre petit crapaud. Comme il a dû
Souffrir, *poor little thing?* — Chut ! il est défendu
D'anticiper, repris-je. Or, quand il fut nuit close,
A cette heure charmante où sans souci l'on cause

Des petits riens du jour, la vieille défaisait
Le lit pour se coucher, et sa fille jasait.
Mais voilà qu'une voix très douce et très plaintive
S'éleva du dehors ; et la mère, attentive,
Entr'ouvrant sa fenêtre aux brises de la nuit,
Entendit, mot pour mot, la complainte qui suit :

Je voudrais bien entrer, ô mon cœur, ma chérie ;
Reconnais-tu la voix de ton fidèle amant ?
O ma mie, ô mon cœur, souviens-toi du serment
Que tu me fis là-bas, dans la verte prairie.

« Qu'est ceci ? dit la vieille. — Oh ! rien : c'est un crapaud
Que j'ai promis d'aimer, et qui m'a prise au mot.
Mais, pour qu'il n'entre pas, fermons cette fenêtre.
— Pourquoi le repousser, ce pauvre petit être ?
Dit la sensible vieille. Entre, crapaud. » Joyeux,
Le fiancé sauta dans la chambre. Ses yeux
Témoignaient tant d'amour qu'il eût touché des pierres.
Voluptueusement il clignait des paupières,
Et puis il se mettait à danser comme un fou.
La jeune fille fut intraitable. « Hou ! hou ! »
Gémissait le crapaud. « Tais-toi, vilaine bête, »
Disait-elle. Alors, lui, de sa voix si fluette :

Je voudrais bien souper, chère, pour le moment.
Mon véritable amour, ô mon cœur, ma chérie!
Souviens-toi que là-bas, dans la verte prairie,
D'être à jamais à moi tu me fis le serment.

« Te donner à manger! dit la belle insensible ;
N'es-tu pas un crapaud dégoûtant ? — C'est possible,
Fit la mère, plus douce ; il n'est pas très mignon,
Mais baste! il soupera, le pauvre compagnon. »
Et le crapaud soupa. Mais, en sortant de table,
Il se mit à chanter d'une voix lamentable :

O ma mie, ô mon cœur, souviens-toi du serment
Que tu me fis là-bas, dans la verte prairie!
Je suis las, je voudrais dormir. O ma chérie,
Porte-moi dans ton lit bien délicatement.

« Te mettre dans mon lit! cria-t-elle en colère.
— Ma fille, dit la vieille, il nous faut lui complaire ; »
Et quand il fut au lit, bien chaud, bien dorloté,
Le ci-devant têtard conclut avec gaîté :

O ma mie, ô mon cœur, l'épreuve sera faite,
Si d'un coup de couteau tu me tranches la tête.

— Ah! mon Dieu! fit ma jeune épouse; quel malheur!
Et qu'est-il arrivé, dis? — Ma petite fleur,
Tenez-vous en repos. Permettez que j'allume
Une bougie. — Après? Après? — Tiens! ce volume
Que je n'avais pas vu; c'est un roman. Je vais
Essayer de le lire. — Ah! comme il est mauvais,
Dit Kate; il ne veut pas finir la belle histoire.
Je ne t'aimerai plus. — Châtiment méritoire!
Dis-je à mon tour; je suis repentant et confus.
Que je m'en veux d'avoir l'esprit aussi diffus!
Enfin, je continue. Hem! Hem! La jeune fille
Réfléchit qu'après tout ce n'est que peccadille
De tuer un crapaud; et, d'un air empressé,
Obéit sans rien dire à son vert fiancé.
Mais, ô miracle, à peine... Où sont les allumettes?
— Non, la fin de l'histoire! — Il faut que tu permettes
A l'orateur... — Non, rien. — Or, dis-je avec bonté,
A peine le crapaud fut-il décapité,
Qu'on le vit se changer en le plus joli prince
Qui se puisse rêver. Une moustache mince
Obombrait les deux coins de sa bouche; ses dents
Étaient de perle fine, et ses beaux yeux ardents
Luisaient (ni plus ni moins!) comme deux escarboucles.
Ses cheveux, fins et noirs, s'entremêlaient en boucles;
Et, de la tête aux pieds, il était tout en vert.
Le mariage eut lieu. Ragoûts, rôtis, dessert,

On ne manqua de rien, et l'on sortit de table
Ivres morts. Le prince eut un nombre incalculable...
— D'enfants? — Non, d'invités à la noce. — Dis-moi :
Quel costume avait-il, ce joli petit roi?
— Quel costume? voici : commençons par la tête :
Toque de satin vert, grosse émeraude, aigrette ;
Pourpoint de velours vert à crevés de satin,
Dix boutons d'émeraude. Un gant de peau de daim,
Et l'autre de chamois, teints en vert ; la culotte
Nuance feuille morte ; et l'une et l'autre botte,
Pour ne point déparer ce costume pimpant,
D'un splendide cuir vert fait de peau de serpent. »

Lorsque j'eus achevé cette naïve histoire,
J'embrassai la mignonne. A peine pus-je y croire :
Elle avait si bien pris mon conte au sérieux
Que des larmes (cher cœur !) lui roulaient dans les yeux.

* *
  *

La noce avait eu lieu ; que dire davantage ?
Et, s'il vous plaît, que faire avant que le potage
Fumât sur notre table ? Oh ! je n'eus pas besoin
De me creuser la tête, et, sans chercher bien loin,
Nous avions les baisers d'amour pour nous distraire.
Quelques-uns là-dessus sont d'un avis contraire.
Ceux-là commenceraient par s'embrasser : après,
S'étant communiqué mille petits secrets,
Ils se verraient contraints d'imaginer un conte.
Je ne les blâme pas, s'ils y trouvent leur compte !
Mais j'estime, pour moi, qu'il vaut mieux commencer
Par cent mille propos bavards, et s'embrasser
Au critique moment où l'on n'a rien à dire.
D'ailleurs, tel est l'avis du suave Shakespeare.

LES

TROIS VERTUS THÉOLOGALES

ou

LA FORZA DEL DESTINO

4

À

RAOUL PONCHON

NON INSCRIT SUR L'ARC DE L'ÉTOILE

Tu vas jeûner, mon fils, et tu m'en vois contrit.
C'est pour toi Quatre-Temps ; les vers que je t'octroie
Ne valent certes pas un pâté de lamproie :
Je m'ébaubirai fort si ta gueule me rit.

Le plat que je te sers est du vrai merlan frit.
Toi qui n'es pas phtisique, et dont le blair rougeoie,
Tu le trouveras faible et mal poivré de joie ;
Un Suresne aigre et vert, voilà tout mon esprit.

A RAOUL PONCHON.

Ah ! c'est toi qui nourris des poulardes en Bresse !
Gros sel, farce, piment, propos de haute graisse,
Tu sais mille façons d'égayer nos palais.

Allons, mets un volume à la broche, que diantre !
Verse-nous ton beau rire ; et, comme Rabelais,
Chante un hymne sublime à la gloire du Ventre !

LES

TROIS VERTUS THÉOLOGALES

~~~~~~~~~

PROLOGUE

Trois petits jeunes gens, au sortir du lycée,
Excités par les vins, la cuisine épicée
Et le feu d'un premier londrès *colorado*,
Comprirent qu'il faut vivre : et que les buveurs d'eau
Ne sont pas de ce temps jouisseur et pratique.
Ils eurent le plus grand dédain de l'art antique.
Et, comme ils possédaient des rentes, noblement
Ces jeunes bacheliers se prêtèrent serment
De mener désormais la vie à grandes guides.
Le vice leur ouvrait des horizons splendides !

Quand Jésus, non content de mourir sur la croix,

Voulut mettre à la mode et propager les trois

Grandes vertus que l'on nomme théologales,

Satan leur opposa des puissances égales :

Et cet ange rusé, pour faire pièce à Dieu,

Imagina le vin, les femmes et le jeu.

Pour ces adolescents, avoir une maîtresse

(Laide ou jolie!) était une indicible ivresse;

L'aspect seul d'un jupon les faisait chanceler.

Mais aussi, quel plaisir intense d'avaler,

Comme des goinfres, sept ou huit douzaines d'huîtres!

Ces buveurs de Pomard disaient : « *Séchons les litres* »

Et se truffaient le corps infatigablement.

Jouer leur paraissait encore plus charmant;

C'est distingué, le jeu. Car la débauche empâte,

Le nez par la boisson s'enlumine et se gâte :

Et nos jeunes muguets se montraient élégants

De leur verre de vitre au chevreau de leurs gants.

Mais le joueur, avec son front pâle, et sa lèvre

Que fait trembler sans cesse un mouvement de fièvre,

Penché sur le tapis vert comme son espoir,

Plein d'horreur ou de joie est magnifique à voir!

— Aussi, déjà brûlés de cette convoitise

Que Paris monstrueux et flamboyant attise

Au cœur des débauchés et des ambitieux,

Pressés de devenir des jeunes gens très vieux,

Tous trois avaient l'esprit obscurci de fumées
Qui tournoyaient dans leurs cervelles enflammées.
Cependant l'un d'entre eux *eut une idée* : assez
Misérable début, bon pour les jours passés !
Dans un siècle où l'espèce est tellement active,
Qui va se soucier de l'imaginative ?
Il parla sagement. « Messieurs, nous n'avons pas
La puissance qu'il faut pour faire dix repas
Et vider une cave en moins d'une journée ;
Nous faudra-t-il encor d'une âme forcenée
Nous ruer sur le jeu ? Chaque soir épuisés,
Allons-nous à prix d'or acheter des baisers
Qui rompent un Hercule en cinq ou six semaines ?
Non, c'est trop exiger : nos forces sont humaines.
Partageons la besogne, et que chacun de nous
Embrasse à tout jamais un vice. Tas de fous
Que nous sommes, réglons la folie. Eh ! tonnerre !
Il faut que dans deux ans le monde nous vénère ;
Qu'à nous trois, nous ayons extrait, humé, sucé
Ce que peut contenir de bonheur épicé,
De lait âcre et poivré, d'alcool incendiaire,
Le sein toujours gonflé de cette vieille terre !
—Bravo ! je prends le jeu. — Moi, les femmes ; c'est dans
Mes cordes.—Gros paillard !— J'ai d'excellentes dents,
Poursuivit l'orateur, et dès ce soir, je bouffe,
Briffe et bâfre, corbleu ! jusqu'à ce que j'étouffe,

Mais que chacun de nous excelle en son métier.
Nous nous séparerons ; et dans le monde entier
Nous irons découvrir des débauches nouvelles.
— Quel grand homme tu fais ! comme tu te révèles !
Dit le plus jeune. Au prix de moi, votre Don Juan,
Lauzun et Richelieu seront de la Saint-Jean !
Je compte exaspérer les familles. — Madère,
Langues de rossignols, bosse de dromadaire,
Civet de kanguroo ! telles sont mes amours,
S'écriait le gourmand. De chatoyant velours
Je tendrai mon palais délicat ; quelle étoffe
A le froufrou soyeux du vin ? — O philosophe,
Reprenait le joueur futur, tu ne sauras
Ni le brusque bonheur qui vous casse les bras,
Ni la rage de perdre et l'angoisseuse attente,
Ni le démon qui vous parle bas et vous tente,
Et le cœur douloureux et tordu ! — Brisons là,
Que j'aille m'ivrogner, car avec tout cela
Nous sommes vertueux encore. Adieu, mes frères !
Nous nous retrouverons dans dix ans. Point d'affaires
Qui ne nous mènent pas au but ! En avant deux
Des quatre pattes ! — Vrai, le tapis hasardeux
M'obsède, interrompit le précédent. Quel rêve
Que de voir un croupier vivant ! Ma foi, je crève
Du désir d'en voir un. Conçois-tu les croupiers ?
— Oui, mais dans le derrière. — Imbécile ! — Mes pieds

Me porteront ce soir chez de belles impures.

— Çà, notre vaudeville a besoin de coupures !

Donc, ayant réussi malgré les médisants,

Nous nous retrouverons chez Riche, dans dix ans.

Chacun de nous aura sué dans le service

De ce rude empereur qu'on appelle le Vice ;

Et nous nous conterons nos mutuels essais

Avec cet enjouement propre au peuple français.

— Nous sommes aujourd'hui le quatorze d'octobre,

Fit un des jeunes fous. Soyons exacts ! Opprobre

Sur qui ne viendra pas au rendez-vous ! — Messieurs,

Un conseil paternel : soyez prodigieux.

— Fidèles au programme ! — Honte à celui qui triche !

— Dans dix ans. — A midi moins cinq. — Au café Riche.»

TROIS MONOLOGUES

I

Un an s'est écoulé, peut-être même deux.
Sans doute que nos fous sont assez contents d'eux;
Qu'ils ont déjà tordu la féconde mamelle
Du plaisir — je devrais en faire une femelle —
Et sans doute qu'ils l'ont tarie. Ah! vous croyez?
Eh bien! mon cher monsieur, entendez et voyez.

Dans un grand cabinet tendu de velours rouge
Et presque sombre, où rien ne bruit et ne bouge
Qu'une plume qui grince, et crache quelquefois
Sur le papier, un homme est assis. Et des bois,
Des ciels de l'an passé, la mer, des paysages,
Un tourbillon bizarre et confus de visages

Se meuvent dans l'esprit de ce voyant. Un vin

Troublant, fumeux et fort enivre l'écrivain,

Devant qui nuit et jour gambade, roule et danse

Le carnaval sans frein de l'humaine existence.

Tourbe bariolée aux sonores grelots !

Les masques de carton étouffent des sanglots :

Mais lui, pour qui la joie est une absurde feinte.

Voit ruisseler des pleurs sur la pâte déteinte.

Lui, d'un revers de main fait sauter les faux nez.

Et déclare à tous ces fantoches étonnés

Qu'ils ne s'amusent pas pour deux sous. Mais la fièvre

De tous ces furieux le dévore : il se sèvre

Des plaisirs les plus doux et les plus délicats

Pour vivre de leur vie, au milieu du fracas

De leurs ambitions stupides, mais vivantes.

Il épouse désirs, rancunes, épouvantes :

Il chausse les souliers de tout le monde. Aussi.

Comme il est pâle et fin ! comme il s'est aminci !

Son œil fouille les cœurs ; une chaude cervelle

Fait bouillonner son front d'une enflure jumelle :

(*Attrape, d'Aubigné!*) cet obstiné martyr

S'est muré dans son œuvre et n'en veut pas sortir.

Il ne boit que de l'eau, n'écoute pas les femmes,

Et n'a d'autre souci que de peser des âmes :

Bref, cet incorruptible et ferme justicier

Deviendra sans nul doute un fameux romancier.

Sa main vient de laisser tomber la plume d'oie.

Il se frappe le front ; maussade, il se rudoie ;

Rien ne marche, il n'a fait jusqu'ici que rêver.

Le monde est si banal ! N'importe, il faut trouver.

Il faut des passions à cet âpre génie ;

Il veut voir se dresser aux heures d'insomnie

Des êtres naturels faits de sang et de chair,

Baignés d'humanité, respirant dans notre air !

Il lui revient au cœur la phrase du poète :

« L'art est long et le temps est court. » Mais dans sa tête

Un brusque souvenir a passé. Le songeur

Sent monter à sa face une faible rougeur,

Et, souriant, il dit : « Voilà comme est menée

L'humaine volonté par une destinée

Qui ne consulte pas ses victimes ! Pendant

Près d'une année, ainsi qu'un météore ardent

J'ai glissé dans le ciel des brumeuses ivresses.

Je voulais être ivrogne, et n'avais de tendresses

Que pour le boire et pour le manger. Un matin,

J'écrivis à la hâte au sortir d'un festin

Un récit de taverne, une assez piètre ébauche :

Ce jour-là seulement j'ai senti la débauche !

J'ai compris qu'enfermé, seul, dans un cabinet,

On concentrait le monde en soi : qu'on se donnait

Un spectacle idéal de la folie humaine

Qui dans les carrefours, bruyante, se démène ;

Qu'on incarnait en soi toutes les passions :
Qu'on pouvait se créer d'intenses visions,
Et que dans le cerveau, dans un coin de matière
Pas plus grand que cela, tenait la vie entière !
Dans huit ans je serai célèbre. Mes amis
Se moqueront de moi ! railler leur est permis.
Malgré tous mes efforts je suis demeuré sage :
Le vice n'a jamais mordu sur moi ! Ma rage
Était plaisante à voir : car l'austère Travail
M'enchaînait près de lui mieux que tout un sérail
De bouteilles, tandis qu'une folle existence
Était pour moi la plus affreuse pénitence.
J'allais d'un cœur léger vers mes sales bouquins
Comme on se livrerait à de joyeux coquins ;
Et l'orgie empourprée avec sa voix stridente
M'apparaissait maussade ainsi qu'une pédante.
On ne peut échapper au destin ; et, ma foi,
Je serai, s'il le faut, grand homme malgré moi. »

Mon suave monsieur, vous me croirez à peine
Quand je pénétrerai, calme et plein de sans-gêne,
Chez le joueur en herbe et chez le libertin
Qui devait « dépasser Pétrone et l'Arétin. »
Eh bien ! brave monsieur, notre joueur en herbe
Devint morne sitôt qu'il ne fut plus imberbe :
Monaco l'assommait. Longtemps, par point d'honneur,
Il perdit tour à tour et gagna de bon cœur.
Que la bille passât ou manquât, que la noire
Apparût dix-huit fois de suite (dans l'histoire
On voit de ces coups-là), le joueur négligent
Avec grâce empochait ou semait de l'argent ;
Mais le fait est qu'il eût mieux aimé, le pauvre homme,
N'avoir plus un radis et l'aller dire à Rome.
Cet angélique enfant était ambitieux,
Et se fit journaliste. Il avait de beaux yeux

Et des façons, si bien qu'il plut dans le grand monde.
Il eut à son service une aimable faconde
Qui séduisait les gens naïfs. Bref, il voulait
Être ministre un jour, et quand il dévallait
Par les grands boulevards saturés de lumière,
Chaque soir absorbant un kilo de poussière,
Le de Morny futur, fiévreux, surexcité,
Mêlait sa voix aux voix de l'énorme cité.
« Moi, joueur ! criait-il ; que j'aille en imbécile
Perdre les battements de mon cœur ! c'est facile,
Trop facile : je veux jouer un autre jeu.
Cette vocation me tentait ? Nom de Dieu !
C'était une patente et grossière bévue.
Me voici positif ; je fonde une Revue
Abominablement sérieuse. Je vais
Analyser mon siècle en style fort mauvais.
Avant tout, je veux être homme d'ordre. Ministre !
Être haï, mais craint ; qu'on me trouve sinistre ;
Supprimer des journaux pour rien du tout ; d'un mot
Faire trembler un tel comme un simple marmot...
Ah ! je serai ministre, ou que la mort me fauche !
Je corromprai tous les députés de la gauche. »

Ainsi, c'était encore un homme d'avenir
Qui tenta de se perdre et n'y put réussir.

Peut-être voulez-vous que je vous scandalise,
Respectable monsieur ? Mais je veux qu'on me lise ;
Ainsi, rien de scabreux. Le frais adolescent
Qui n'avait au menton qu'un fin duvet naissant,
S'est bientôt aperçu que rien n'est plus stupide
Que les femmes. (Pardon.) Il fut très intrépide
Pendant un mois ou deux ; mais cet infortuné
Vit que pour le déduit il n'était jamais né.
Il avait un penchant on ne peut plus étrange
Pour la mathématique ; et, sage comme un ange,
Il vivait enfermé dans sa chambre, mordant
Aux fruits de la science, observant et sondant
Les mystères les plus horrifiques. Grimoires,
Manuscrits à lasser d'étonnantes mémoires,
Il étudia tout, et risqua bien souvent
De se faire sauter en l'air, pauvre savant !

Quand il manipulait ses brûlantes cornues,
Il approfondissait des choses inconnues :
L'algèbre, la chimie ! Il regardait les cieux
Pendant les soirs d'hiver froids et silencieux,
Et couvait du regard toutes ces blondes fées
Qui glissent dans l'azur, rouges et décoiffées.
Il en découvrit une ou deux qui, dans le temps,
Ne montraient pas le bout de leur nez. Le printemps
N'éveillait plus en lui de désirs ; la Nature
Fut son unique amour et sa folle aventure.

Il songeait quelquefois : « Leurs sacrés cotillons !
Ah ! c'est ça qui m'est bien égal ! — tas de souillons !
J'étais jeune, pourtant : il faut que l'on s'amuse.
J'ignorais la pensée et ce travail qui m'use...
Que leur raconterai-je, au jour du rendez-vous ?
Ah ! par saint Galilée, on était de vrais fous !
Tout de même, un beau soir — Tiens, il vient de m'éclore
Une idée. Oui. *Je vais décomposer le chlore !* »

ÉPILOGUE

Dix ans se sont passés. L'automne est à Paris
Ce qu'on pourrait nommer le triomphe du gris.
Rien n'est harmonieux et fin comme l'automne ;
L'air est tiède, le ciel joli, rien ne détonne.
Le café vomissait ses tables au dehors ;
Heureux du temps léger qui respectait leurs cors,
Des podagres suçaient de mièvres anisettes,
Ou tenaient de leurs mains branlantes les gazettes.
Le journal des Débats était très disputé.

Le ministre parut : une fleur de santé
Lui colorait la joue ; et, vêtu comme un prince,
Rasé de près comme un notaire de province,
Certe, il ne sentait pas le joueur ! — Puis, survint
Celui que le hasard avait fait écrivain,

Sombre, les yeux profonds et chargés de pensées.
On sentait à le voir maintes nuits dépensées
Près de la lampe amie en un travail ardu,
Bien plutôt que l'orgie et que le temps perdu
Dans les gais cabarets retentissants. — Très pâle,
En désordre, couvert d'une espèce de châle,
Arriva le savant : ses amis étonnés
Virent que l'homme avait des besicles au nez
Et qu'il marchait avec la plus folle assurance
Sur les cordons de ses souliers. L'indifférence
En pareille matière est un signe certain
Que le sujet n'est pas plus que ça libertin.

Quand on se fut lorgné pendant quelques secondes
Et reconnu, malgré les ornières profondes
Dont dix ans de travail et d'obstinés efforts
Savent bien labourer le front d'un homme : « Alors,
Dit l'illustre écrivain, nous voici tous en vie.
Un vigoureux *shake hands!* car je mourais d'envie
De vous voir. Eh! garçon, une absinthe *sans eau!* »
Le mathématicien, faisant le damoiseau,
Foudroyait le beau sexe à travers ses lunettes :
Mais il aurait charmé des serpents à sonnettes
Beaucoup plus aisément que des filles. Tandis
Qu'il lançait des regards lubriques et hardis

Et désirait en vain qu'on le prît pour un drôle,
D'autre part le ministre, inquiet de son rôle,
Guettait l'occasion de parier cent francs,
Ou mille! sur un fait des plus indifférents.
« Eh bien! dit tout à coup ce fameux politique,
Raconte-nous un peu ta vie asiatique!
(Le malheureux savant fit la grimace.) Eh! mais,
N'as-tu pas découvert des étoiles? Jamais
Je n'aurais cru qu'on pût, en bonne conscience,
Allier la débauche à l'austère science!
— Et toi, reprit l'auteur, comment diable fais-tu
Pour être un vrai Romain cuirassé de vertu,
Et jouer tous les soirs de monstrueuses sommes?
— Mon cher, dit le chimiste, à quand les autres tomes
De l'immense roman que tu fais? » L'embarras
Fut énorme. Pourtant le ministre, tout bas,
Risquant les mots de « passe et d'impair, rouge et manque, »
Raconta qu'il avait fait sauter une banque.
Plus tard il perdit tout. Stupide, et décidé
D'en finir, il s'était alors suicidé.
Je ne me souviens plus par quelle circonstance
Le pistolet rata. — « Moi, j'ai fait une intense
Et magnifique orgie, insinua l'auteur;
Pas plus tard qu'avant-hier. » En rusé narrateur,
Il bourra son récit de mots gastronomiques;
Il eut recours aux plus curieuses mimiques,

Et prétendit avoir vidé tout un tonneau.
De plus il affirma que l'eau de Seine, l'eau,
Ce liquide connu de presque tout le monde,
Logis habituel de la grenouille immonde,
Avec quoi l'on se lave, une chose qu'on voit
Dans les carafes, vil breuvage impur et froid,
Une combinaison banale d'oxygène
Et d'hydrogène, enfin l'eau, quoi! l'eau de la Seine,
N'avait jamais souillé son estomac divin
Où nuit et jour pleuvaient des cascades de vin!
Le savant dit : « Voici ma dernière aventure.
J'étais à Naples. Vous savez que la nature
Dans ces pays d'amour flambe comme l'enfer.
Je vis une comtesse : il faut battre le fer
Quand il est chaud, dit-on : j'assassinai le comte.
La dame m'exécrait; mais moi, sans fausse honte,
Je courtisais toujours cette fière beauté..... »
L'astronome ajouta d'un air épouvanté
Et d'une voix très basse : « Et comme la donzelle,
Je ne sais trop pourquoi, faisait fi de mon zèle,
Un jour je lui donnai du poignard dans le corps,
Et je me satisfis sur un cadavre!!! »

                                    Alors
La contrainte cessa. Ces fanfarons de vices
Virent que tous les trois n'étaient que des novices,

Et furent secoués par un rire de dieux
Qui leur faisait monter des larmes dans les yeux.
« Nous nous étions trompés ! rugit le diplomate
Qui faillit étouffer au fond de sa cravate.
Mais je veux en avoir le cœur net. Et je crois
Qu'il nous faut accomplir en une seule fois
Ce que nous devions faire en dix ans. — Je m'enivre,
Beugla le romancier. Cette nuit, je veux vivre.
Quelle culotte ! Enfants, je fais le grand écart ;
On me rapportera demain sur un brancard.
— Pour moi, dit le savant, il me faut deux semaines ;
Je fais le tour de nos modernes Célimènes.
— Ainsi, dans quinze jours ! même heure, même lieu.
Et cette fois, soyons sublimes, sacredieu ! »

Ici, je serai bref. Sachez que le soir même
Le ministre joua. Sans lâcher un blasphème,
Il perdit une somme assez ronde. Le jeu
L'irritait, charriait dans ses veines du feu,
En fit un frénétique. Il joua sur parole ;
Les tempes lui sifflaient d'une manière folle.
Il ne desserrait pas les dents ; il regardait
Les cartes tournoyer. — Tout ce qu'il possédait
Y passa. Néanmoins il espérait encore,
Et sans dire un seul mot, joua jusqu'à l'aurore.

Quand tout fut terminé, chancelant, ébloui,
Il alla se brûler la cervelle chez lui.

Le romancier soupa tout seul. Quinze bouteilles
Lui fascinaient les yeux de leurs panses vermeilles.
Les vins blancs n'étaient pas rejetés : loin de là.
Un repas sans pareil, un festin de gala
Capable de gorger quarante pauvres diables
Emplissait le salon de fumets délectables.
Le glouton dévora quatre lièvres. Bientôt,
Constatant qu'il faisait effroyablement chaud,
Il attaqua les vins d'une façon très brave
Et but avidement, sans souci de la bave
Qui mettait des rubis dans sa barbe. A la fin,
Quand il eut satisfait sa monstrueuse faim,
Il vida des cruchons de liqueur. Pleins de joie,
Les garçons contemplaient cette bête de proie.
Il s'était bien conduit! Mais quand il se leva
Et voulut mettre un pied devant l'autre, il creva.

Quant au savant, il eut une longue agonie.
Jusque-là fort naïf, cet homme de génie,
Sitôt qu'il eut mordu la pomme que l'on sait,
Assez rapidement désenfla son gousset.

Mais ce n'est rien encor. Le puissant astronome
Cessa de s'occuper du ciel, vécut en homme,
Et ne connut plus rien que les plaisirs du lit.
Si bien qu'en peu de temps son jugement faiblit,
A preuve qu'il est mort la semaine dernière
D'un ramollissement de la moelle épinière.

GUSTAVE CHANTEREL

ou

L'ORPHÉE MODERNE

A

LÉON TANZI

Brute délicieuse, ô vrai peintre, Tanzouille,
Toi dont le seul bonheur est de brosser sans fin,
De durcir tes biceps, de manger à ta faim,
Et de suivre, le soir, quelque svelte grenouille !

A l'heure de briffer, l'estomac te gargouille ;
Tu sais que pour la soif il n'est tel que le vin ;
As-tu sommeil ? tu dors ; et, sans être devin,
Tu sais que le soleil réchauffe, et que l'eau mouille.

A LÉON TANZI.

Tu sais tout ce qu'il faut savoir, heureux filou !
Bien découplé, solide et maigre comme un clou,
Tu peux durer un siècle ou deux : rien ne l'empêche.

Or, au temps où les bois commencent à roussir,
Lis ces vers sous un chêne, en posant une pêche :
Et tu riras, mon vieux, pour me faire plaisir.

GUSTAVE CHANTEREL

Il était environ deux heures du matin.
Le ciel, pour étonner Paris (près de Pantin),
Faisait étinceler derrière ses vitrines
De piètres œils-de-chats et quelques saphirines.
Pauvre diable de ciel, qui trouve bon crédit
Et qui le perd, suivant ce qu'un poète en dit !
Donc, vêtu d'un habit qui laissait voir la corde,
Un homme déboucha place de la Concorde
A cette heure tardive et ridicule. En frac !
Mais un frac décroché de quelque bric-à-brac
Où longtemps il jouit de plaisirs purs et calmes
Auprès d'un uniforme aux verdoyantes palmes.

6.

Le possesseur de cet impayable trésor
Portait à sa cravate un gros insecte d'or
Aux yeux rouges, flottant de la mouche à la guêpe.
Son chapeau, d'où pendait un grand voile de crêpe,
Abritait des cheveux fort longs, le nez d'un fou,
Des yeux tristes et bons, avec pas mal de cou
Et quelques poils de barbe. Une maigreur d'ascète,
Des mitaines de cuir aux pieds, nulle chaussette,
Voilà l'homme. Ajoutez cependant que le sieur
Gustave Chanterel ruisselait de sueur,
Car il était chargé d'une certaine boîte...
Chanterel essuya comme il put son front moite,
N'ayant aucun mouchoir sur lui : puis, contemplant
Le ciel où fourmillaient les étoiles, brûlant
Et splendide, il lança ces mots d'une voix folle :

« *Toutes ces dames au salon !* le ciel rigole ;
L'antique Sirius de son mollet nerveux
Bat la mesure, et les comètes en cheveux,
Montrant leurs sérieux appas de viandes blanches,
Retroussent galamment leurs jupes jusqu'aux hanches.
Aldébaran, le nez rouge comme un glaïeul,
Se lance éperdument dans un cavalier seul,
Et voilà... »

              Mais soudain l'infortuné Gustave
Interrompit ce flux de mots, et d'un ton grave :

« Je t'adore, ô grand ciel éclatant et divin ;

Je t'aime avec fureur et je te blague en vain,

Moi qui voudrais saisir et gober au passage

Les pleurs de diamant qui brûlent ton visage !

Enfin, n'en parlons plus. Pour la dernière fois

Je me charme l'oreille avec ma propre voix.

La Seine n'est pas loin ; je vais dans trois quarts d'heure

Avaler le bouillon définitif. Je pleure !

A la fleur de mon âge (à peine trente-huit ans)

Je fais ma révérence au gracieux Printemps,

Et, bien emmitouflé dans un foulard de brume,

Je vais me procurer un assez joli rhume.

Mon enfance fut triste... »

                Et Gustave, enfoncé

Dans cet inoubliable et douloureux passé,

Se vit petit garçon pas plus haut qu'une botte,

Et chanta d'une voix minuscule et falotte :

> *Nous avons des petits doigts*
> *Pour enfiler de la soie,*
> *Pour faire un petit jupon*
> *A Jésus, mon p'tit mignon.*

Il fut musicien dès sa plus tendre enfance ;

Il fuyait de l'école ; et, dans le grand silence

Des bois et des vallons, sa flûte de roseaux
Répondait aux chansons divines des oiseaux.
Il quitta pour Paris les baisers de sa mère,
Et poursuivit la fausse et cruelle chimère,
La Gloire. Il devint hâve et jaune; il mangea peu;
Il oublia le linge et méprisa le feu.
Pauvre zèbre! il donna des leçons de solfège
Aux demoiselles d'une épicière. Que sais-je?
Il fit tout ce qu'il put pour vivre.

                                « Et voilà tout,
Dit-il à haute voix. Je ne suis pas du goût
De la vie, et je cède, avec un bonheur rare,
A la sélection naturelle. Bizarre! »

⁂

Mais qui donc se résigne à mourir? Chanterel
En sanglotant tourna ses regards vers le ciel :
« O Sébastien Bach, prince de l'harmonie,
J'ai pourtant bien aimé tes fugues! Doux génie,
Toi qui m'as consolé dans mes nuits sans sommeil,
Toi qui fus mon bonheur, ma vie et mon soleil,
Toi qui me souriais derrière la portée,
Bien souvent, au pays des rêves emportée,
Mon âme chevaucha le contrepoint vainqueur :
Avec tes grands accords j'éclatais, et mon cœur
Se fondait de délice en prolongeant un trille.
Tu connais ma profonde horreur pour tout quadrille,
Tu sais que j'ai perdu des leçons, pour avoir
En mainte circonstance écouté mon devoir,
Et que dans les salons je traitais sans vergogne
Rossini de cochon et même de charogne!

« Tu sais… Mais à quoi bon discourir? m'entends-tu?
Es-tu donc insensible à toute ma vertu?
O mon maître, n'es-tu vraiment qu'un peu de cendre?
Non, vieux Bach vénéré! Dieu t'a pris pour son gendre;
La Nature est ta femme; et, le front radieux,
Toi, tu bats la mesure aux étoiles des cieux.
Ne puis-je croire, à l'heure où le ciel se constelle,
Que j'y vois flamboyer ta perruque immortelle?
Sans doute, ton archet fait de rayons d'argent
Des sphères de cristal guide le cours changeant;
La foudre fait la basse; ainsi que des fusées
Montent dans l'infini les voix entrecroisées;
Des gammes de soleils se déroulent sans fin,
Et l'univers sonore, harmonique et divin,
Exécute une fugue à cent mille parties!
Oh! loin du monde, loin des foules abruties,
Laisse-moi m'envoler vers toi subitement,
Comme une triple croche: et, dans le firmament,
Dépouillé de mon frac et commençant à vivre,
Je tournerai pour toi les pages du grand livre! »

* * *

Gustave, tout baigné de sueur, s'essuya
Le front avec son crêpe : et puis il s'écria :
« Viens, mon cher violon, mon seul ami. La Seine
Nous couvrira tous deux de sa jupe malsaine ;
Avant que de trousser son cotillon mouillé,
Toi qu'Ambroise Thomas n'aura jamais souillé !
Chante avec moi, tu sais, l'exquise sarabande...
N'éclate pas : c'est tout ce que je te demande. »

Il tira l'instrument de son morne cercueil,
Et se mit à jouer. Plein de tact et d'orgueil,
Le stradivarius fit de telles merveilles
Que les tritons de bronze ouvrirent les oreilles.
O rêve ! une naïde, oyant cette chanson,
De pur ravissement laissa choir son poisson,

Et l'on n'entendit plus couler l'eau des fontaines.
Le feuillage des houx, des tilleuls et des chênes
Se mit à remuer doucement : sur le sol,
Le bitume fondait pour le moindre bémol.
L'Obélisque lui-même, ébranlé sur sa base,
Par quelques soubresauts témoigna son extase.
Gustave le vit bien : il se fit plus moelleux,
Les cordes et l'archet chantaient à qui mieux mieux ;
Ce fut tellement doux et tellement suave
Que Bach en eût pâmé de plaisir. Pour Gustave,
Il s'absorba si bien qu'il ne vit même pas
Les arbres s'avancer, muets, à petits pas,
Effleurant tout au plus le sol de leurs racines,
Comme s'ils eussent eu des cors. Larmes divines,
O larmes de bonheur, qui roulaient sur le nez
De cet Orphée en frac ! et les rats étonnés,
Sortis par milliers des prochaines gouttières,
Écoutaient la musique, assis sur leurs derrières.
Et voici : cependant que le musicien
S'enivrait de soi-même et ne comprenait rien,
L'Obélisque éperdu, n'en pouvant plus de joie,
Pirouette sur son piédestal : il tournoie,
Pique une tête à gauche, essaye (mais en vain)
De retrouver l'aplomb ; et va s'abattre enfin
Sur le crâne du chaste et doux violoniste,
Qu'il pulvérise, ainsi que le violon. Triste !

L'AMOUR A FORFAIT

CHRONIQUE SCANDALEUSE

1

A

AMÉDÉE PIGEON

Quand me livreras-tu ton Front démesuré
Que je peigne dessus quelque immortelle fresque?
Mais que dis-je? il serait encore moins grotesque
D'aller badigeonner le grand ciel azuré.

Aussi, ton vaste Front, je le contemplerai,
Pâle, branlant d'horreur ma tête à la singesque,
Cependant qu'immobile, heureux et gigantesque,
Il s'épanouira dans un brouillard doré.

A AMÉDÉE PIGEON.

Comment lui dédier une anecdote absurde ?
Il s'en bat l'œil autant que d'un sonnet en kurde,
Lui, par qui le contraire au contraire s'unit ;

Lui, suprême raison des choses nécessaires,
Lui, dont on entrevoit le monstrueux granit
A travers un rideau d'éclairs et de tonnerres !

L'AMOUR A FORFAIT

Au mois où la poussière embaume la vanille,
Alfred de T..., ayant aux lèvres un manille,
D'un pas précipité brûlait le boulevard.
Il fallait bien qu'il fût un enragé bavard,
Car ce poète — c'est, s'il vous plait, un poète —
Dodelinant du buste et secouant la tête,
Bien qu'il fût seul, mâchait des mots entre ses dents
Tout comme s'il eût eu quelque grain *là dedans*.
« Parbleu! grommelait-il, je veux que Dieu me damne
Si je ne me dois pas coiffer d'un bonnet d'âne!
Il faut que je sois fou d'aller m'amouracher
D'une fille — au moment où je suis si léger

7.

De ce métal, le nerf de l'intrigue! Mais zeste!
Puisque un louis tout neuf et tout luisant me reste,
Voyons (comme disaient nos maîtres, les anciens)
Si la diplomatie est faite pour les chiens. »

Le vrai, c'est que notre homme avait dans un passage
Remarqué le portrait d'une femme, au visage
Mélancolique, aux fins et pâles cheveux blonds,
Aux yeux gris bien fendus en amande et trop longs,
Qui paraissaient noyés d'une langueur charmante.
Alfred avait juré *d'en faire son amante.*
C'était une fameuse actrice ; et, le cerveau
Toujours près d'accoucher d'un caprice nouveau,
Il trouvait naturel qu'un amour pour la vie
Prît naissance à l'aspect d'une photographie.
Il savait en quel lieu sa princesse logeait.
Donc, ayant ce soir-là fait un fort long trajet
Sans qu'il s'en aperçût (c'est ainsi qu'on s'abîme
En quelque songerie exquisement intime)
Il se trouva devant la porte d'un hôtel
Fort coquet. Son état de démence fut tel
Qu'il grimpa lestement sans entendre le suisse :
Peut-être bien qu'il prit l'escalier de service.
Le louis — pièce d'or unique! — resplendit
Aux yeux d'une servante accorte, et tout fut dit.

Madame était sortie, elle jouait. Notre homme
Se paya du bon temps pour cette faible somme.
Du reste il était beau comme un page, et bien mis
A vous désespérer ses plus riches amis.
Aussi, pendant une heure ou deux, la camériste
L'empêcha de bâiller et de devenir triste.

La fille étant gagnée, Alfred put se cacher,
Comme minuit sonnait, dans la chambre à coucher
De la comédienne ; une chambre petite ;
Le lit en absorbait les trois quarts. Il bat vite,
Le cœur des amoureux qui n'ont pas vingt-sept ans !
Sur le tapis bouffaient des nuages flottants
De mousseline et de batiste. O saint désordre !
La faille et le satin moelleux semblaient se tordre
Et se pâmer sur les fauteuils. Les falbalas,
Les jupes, les chiffons, un frais chapeau lilas,
Un loup malicieux à barbe de dentelle
Frissonnaient, chatoyaient — sorte de cascatelle
D'étoffes miroitant comme une chute d'eau !
S'étant dissimulé derrière le rideau
De la fenêtre, Alfred attendit. Il s'élève
Comme une capiteuse atmosphère de rêve
D'une chambre de femme à la mode. Inquiet,
Alfred aspirait l'air de ce temple muet

Où la déesse allait paraître dans sa gloire ;
Et pâle, presque ému, se délectait à boire
Ces parfums féminins, forts comme du poison,
Qui donnent le vertige et troublent la raison.
Il ne s'agissait pas d'éternuer. Un geste,
Une quinte de toux pouvait être funeste.
Et puis, si la donzelle amenait un amant?
Ma foi, notre héros goûtait modérément
(Quoique brave!) une aussi maussade perspective ;
Et, fiévreux, il prêtait une oreille attentive
Au moindre craquement. Enfin, si cette Eva,
— Je ne sais pas comment sa marraine arriva
A déterrer ce nom bizarre — si la tête
Exquise du portrait qui charma le poëte
Avait damé le pion à la réalité?
Suivant les jours, on change; on peut être flatté ;
Plus ou moins de soleil, une humeur passagère,
Tout cela...

          Brusquement, la musique légère
D'un petit pied mutin et preste, et le froufrou
D'une robe de soie apprit à notre fou
Que son ange approchait. La porte de la chambre
S'entr'ouvrit, et voilà qu'un discret parfum d'ambre
Circula dans la pièce; il s'y mêlait aussi
Une très faible odeur de violette, ainsi

Qu'un souvenir des champs, et puis je ne sais quelle
Fine senteur que la femme porte avec elle,
Qui se niche dans la toilette, et se répand
Lorsque la jupe fait un pli. Le sacripant,
Entre les deux épais rideaux de satin jaune,
Dardait un œil brûlant comme celui d'un faune.
La jeune femme était seule, et, silencieux,
De T... la contemplait et la buvait des yeux.
Elle s'était laissée aller sur une chaise,
Puis avait renvoyé sa suivante, fort aise
De ne pas se mêler d'un succès hasardeux.
« Maintenant, se disait Alfred, c'est à nous deux ; »
Il attendait le bon moment pour se produire
Et cherchait à part lui ce qu'il pourrait bien dire.

A quoi songeait la blonde actrice ? Elle avait tout
Au monde : des marquis la trouvaient de leur goût ;
Des hommes influents déposaient leur fortune
Aux pieds de cette enfant (au prix de qui la lune
Semblait bourgeoisement constante). Chaque soir
Les loges l'acclamaient quand elle faisait voir
Des épaules de neige incomparables. Fine,
Elle savait chanter d'une façon divine
Avec un tout petit filet de voix. Ses mots
Étaient redits par les gens d'esprit et les sots :

Que pouvait-il manquer à cette jeune femme ?
Je ne sais quoi : la vie aventureuse, un drame,
Un amant plus naïf ou plus roué que ceux
Qu'attirait sa blancheur de beau lis paresseux,
Enfin cette folie amusante et nouvelle,
Quelqu'un qui se brûlât pour elle la cervelle,
Et ne se manquât pas ! — Roulant dans son esprit
Ces vagues et confus désirs, elle sourit,
Et sa paupière fut d'une larme mouillée.
Elle s'était avec lenteur déshabillée,
Et de ses vêtements sortait comme une fleur.
Elle avait l'air royal, et, pleine de hauteur,
Secouait un nuage éblouissant de linge.
Et l'autre regardait, lubrique comme un singe,
Une épaule de marbre à tenter le ciseau
De Phidias, bleuie un peu par le réseau
Des veines qui couraient sous la peau transparente.
Que ne possédait-il un million de rente
Pour payer cette épaule adorable ! Pardi,
C'était bien le moment de se montrer hardi ;
Saint Antoine eût flanqué son âme à tous les diables
Pour étreindre ce corps aux lignes impeccables
Qu'on voyait palpiter sous la chemise. Ah ! oui,
Le photographe était vaincu ! Pâle, ébloui,
Sans même égaliser les bouts de sa cravate,
Le poète bondit. Devenue écarlate,

La dame allait crier au secours. « Et pourquoi,
Dit Alfred, crieriez-vous? Je suis le maître, moi.
N'ai-je pas corrompu vos gens? Larbins, concierges,
Grooms, cochers? J'ai brûlé quatre livres de cierges
A l'église de Saint-Eustache. Au nom du Ciel,
Ne sonnez pas. L'instant, madame, est solennel.
Et d'ailleurs, j'ai coupé les cordons de sonnettes.
Que ne puis-je à vos pieds mettre les huit planètes!
Mais je n'ai rien. Pardon, j'ai mon cœur. Voyez-vous,
Mon amour est plus grand que la mer, et jaloux
Comme un tigre. Excusez cet état de démence.
C'est la première fois que je vous vois. Immense
Est mon ravissement de vous voir! Vos cheveux
Frisent divinement sur la nuque, vos yeux...
Je vous aime, c'est tout ce que j'avais à dire. »

Et puis, il éclata stupidement de rire.

« Mais, monsieur, dit Eva, je ne sais même point
Votre nom. — Je vous peux éclairer sur ce point,
Reprit Alfred d'un ton insinuant. Le monde
N'est pas sans me connaître, et l'on sait à la ronde
Que, faute d'un meilleur, je suis Alfred de T...,
Poète assez lyrique et, de plus, endetté.
—Mais, monsieur, s'introduire à pareille heure...—O chère,
Ma conduite d'abord peut paraître légère,

Mais songez que voilà je ne sais plus combien
De mois que je vous aime, et que je ne suis rien
Qu'un poète peu fait à l'intrigue amoureuse,
Et dont la bourse, hélas! est terriblement creuse.
Je me suis introduit ici comme j'ai pu. »
Et, l'œil étincelant, vrai satyre lippu,
Gonflant sa sensuelle et moqueuse narine,
Il approchait. La joue émue et purpurine,
Et le sein bondissant sous la batiste, Eva
Écoutait ce torrent de mots. Elle trouva
Que le jeune homme était bien fait ; des dents fort blanches
Lui donnaient un sourire aimable, et sur les hanches
Il se campait en beau cavalier. Puis, qui sait?
Si peu de pièces d'or sonnaient dans le gousset
Du jeune homme, il avait cette audace charmante
Qui d'un petit air fat et narquois s'agrémente,
Et qui séduit un cœur de femme. Elle passa
Une robe de chambre et dit : « Contez-moi ça. »

*
* *

Comme il est frais, le ciel du matin, quand la ville
Bourdonne doucement encor dans l'air tranquille !
Comme, après une nuit fiévreuse et les jaloux
Emportements de la passion, il est doux
De marcher en chassant devant soi la fumée
D'un havane, qui roule, épaisse et parfumée !
Alfred eût souhaité manger dans un palais ;
N'en ayant pas, il fut s'établir à l'Anglais,
Où, pour quatre-vingts francs et pas mal de centimes,
Il fit un déjeuner discret, des plus intimes.
Où diantre s'était-il muni de son trésor ?
Car de la tête aux pieds il était cousu d'or.
La chose étonnera beaucoup de bonnes âmes
Qui nous jettent au nez l'épithète d' « infâmes » ;
Mais la voici. — La jeune actrice avait trouvé
Le drame, l'imprévu depuis longtemps rêvé.
Ce jeune homme élégant, fou de luxe, et du reste
Misérable, devait prendre un parti funeste ;

Il était très possible, enfin, qu'il se brûlât
La cervelle, moyen d'en finir assez plat.
« Je vous donne, avait dit Eva, trois mois de vie,
De bon temps, de plaisir, de luxure assouvie,
Moi pour maîtresse en titre et de l'or à pleins seaux.
Que vous importe, à vous, l'opinion des sots?
Quand vous aurez joui d'une telle existence,
Repu, soûl de bonheur et plein d'impénitence,
Vous vous ferez sauter la cervelle pour moi.
Vous en viendriez là tôt ou tard : et, ma foi,
Autant vous amuser : l'occasion est belle.
J'exige maintenant d'une façon formelle
Que vous disiez en vers de quel mal vous mourez;
J'aime assez les sonnets, précieux, très parés,
La rime bien soignée et la chute amusante.
Vous mettrez fréquemment mon nom; je veux qu'on sente
Mon inspiration à tout endroit du vers.
Je lègue ainsi ma gloire au futur univers;
Et vous, répudiant la misère banale,
Vous faites une fin assez originale.
— Tope ! s'était alors écrié ce héros;
Habits noirs et gants blancs sont pour moi des bourreaux;
Ce m'est un désespoir, à la fleur de mon âge,
De jouer le stupide et piètre personnage
D'un homme poursuivi par les huissiers, traqué,
Maudit, et qui ne peut passer auprès d'un quai

Sans avoir le désir de piquer une tête
A l'eau, pour y noyer son titre de poète !
Au diable ! Soyons beaux, sortons de notre temps,
Vivons rageusement nos rapides instants :
Le travail est ingrat, la veille est inféconde ;
J'aime mieux être riche et me φουτρε du monde.
Qu'il m'appelle « joli monsieur » tant qu'il voudra !
Comptez sur moi, charmante amie, on se tuera. »

Et c'est pourquoi, plein de fierté, notre poète
Faisait sonner de l'or dans ses poches en fête.

⁂

Trois mois, c'était bien peu; mais certes, mieux valait
Sur sa tempe sentir le froid d'un pistolet
Que de traîner un corps épuisé dans les rues;
Galòper nuit et jour sur des coquecigrues
Pour retourner sans cesse au funèbre château
De la misère! Alfred mordit dans le gâteau
Qu'il avait convoité pendant bien des années
A ses heures d'angoisse et de rage obstinées.
Il pouvait donc goinfrer à son aise; et c'était
Un robuste mangeur! Plein de grâce, il fouettait
Devant lui son cheval, un très beau bai cerise;
Son tilbury léger filait comme la brise,
Et le cœur du dandy, gonflé sous son veston,
En aurait fait sauter jusqu'au dernier bouton.
Au théâtre il hantait une loge princière
Et faisait, comme on dit, sa petite poussière.
Puis, il jouait; content de perdre ou de gagner,
Il se laissait gaîment rançonner et saigner,

Ou s'en allait, faisant craquer ses fines bottes
Et dans sa main froissant un fouillis de bank-notes.
Mais la perle de sa couronne était Eva.
De quel air grand seigneur il disait : comment va?
Au pâle bataillon de ses maigres confrères,
Lui qui, narguant la faim et les chances contraires,
Promenait à son bras la reine de Paris
(Parfaitement semblable aux célestes houris),
Laquelle était l'objet d'ardentes convoitises
Et pour qui se faisaient d'innombrables sottises!
L'actrice avait assez berné de Turcarets
Pour héberger trois mois un poète à ses frais
Et rigoureusement lui demeurer fidèle.
Le soir, quand il rentrait, s'asseyant auprès d'elle,
Alfred se délassait des fatigues du jour.
Galant, il savait faire adroitement sa cour
Et marchait vers la mort sans se troubler la bile.
Il traitait quelque idée en ouvrier habile,
Et forgeait un dizain charmant, ou bien encor
Un sonnet enrichi de ciselures d'or.
Puis il en détaillait les beautés en orfèvre,
Et souvent méritait les baisers d'une lèvre
Rouge et suave ainsi qu'une fraise des bois.
Et, sommé de mourir par une douce voix,
Il ne s'étonnait point que cette jeune dame
Demeurât impassible et montrât si peu d'âme.

8.

*
* *

Or, les trois mois avaient coulé comme un torrent.
Alfred depuis deux jours vivait au restaurant,
Engouffrait plat sur plat, civet sur matelote,
Légumes, entremets, gâteaux ; une culotte
De viandes et de vins, un vaste entassement
De ragoûts étrangers, un rêve de gourmand,
Des truffes à foison, une ample pyramide
Que les consommateurs lorgnaient, la bouche humide.
Il voulait galamment célébrer ses adieux
A la vie, au soleil aimable et radieux
Qui flambe aux vitres d'or et chauffe le bitume ;
Il voulait sans ennui ni secrète amertume
Fermer ses yeux au monde éblouissant et gai.
Aussi, rouge comme un païen de l'Uruguay,
Titubant, et gonflé de tant de nourriture,
Il monta chez la blonde et svelte créature
Qui devait dépasser Béatrix en renom.
Il entra sans frapper, comme un coup de canon.

« Mon Dieu ! mais vous allez mourir d'apoplexie,
Dit-elle, saignez-vous. — Non, je vous remercie.
Je viens prendre congé de vous. Demain matin,
Je pars pour un pays qu'est bougrement lointain. »
Il la vit chanceler, toute pâle. Et, sans force,
Elle lui dit : « Quoi ! les trois mois ?... — Cela se corse,
Pensa l'ivrogne. — Mais, êtes-vous décidé ?
Etes-vous bien certain ? Avez-vous regardé...
— Un almanach ? fit-il. — Pas de plaisanterie !
Je vous aime. Parlez, Alfred, je vous en prie,
Allez-vous donc mourir demain ? — Je suis flatté
De l'intérêt que vous portez à ma santé ;
Je me propose, au point du jour, de rendre l'âme. »
Mais elle, sanglotant : « Ah ! je suis une infâme ! »
Et, prise d'un profond chagrin, une douleur
Sincère qu'accusait sa mortelle pâleur,
Elle se mit à fondre en larmes.

                                    « Imbécile !
Cria-t-elle soudain, mais rien n'est plus facile ;
A quoi diable pensais-je ? O mon cher bien-aimé,
Ne meurs pas, ne meurs pas ! — Mais si je suis charmé
De mourir ? — Tais-toi donc, fit la comédienne,
Rien ne vaut le soleil de ce monde ! — Pardienne,
Je suis de votre avis, mais j'ai juré. — Juré ?
Devant qui ? devant quoi ? quand ça ? Bon gré, mal gré,

Tu vivras! » Mais Alfred reprit d'un ton colère :

« Je veux me tuer, moi! va te faire lanlaire.

Si je meurs, ton nom passe à la postérité.

— Eh! je me moque bien de l'immortalité!

Rugit-elle. — Voyons, répliqua le poëte,

Ma vie est grâce à vous une éternelle fête;

Je fume des brevas d'un prix exorbitant;

Dans la rue on me prend pour un homme important,

Car je suis constellé de bijoux. Mais que diable!

Puisque je dois payer cette veine incroyable

En me faisant sauter le caisson de bon cœur,

Laissez-le donc sauter, ce caisson de malheur!

Sans cela, je n'aurais pas d'excuse. Ma belle,

Je m'en vais de ce pas où le devoir m'appelle,

Comme l'on dit dans les opéras. — Non, non, non!

Je ne veux pas, Alfred... — Eh bien! oui, c'est mon nom,

Là, je m'appelle Alfred : mais laisse-moi tranquille.

— Foule-moi sous tes pieds comme une chose vile,

Dit-elle, quitte-moi, bats-moi, mais ne meurs pas.

Tu ne vas pas mourir, non! — J'y vais de ce pas, »

Dit Alfred, calme et froid.

                    Les cheveux en désordre,

L'œil fixe, elle se mit à crier, à se tordre

Les poignets avec rage; elle resta devant

La porte de la chambre, et, farouche, bravant

La colère d'Alfred allumé par l'ivresse,
Elle dit sourdement : « Égorge ta maîtresse,
Fais ce que tu voudras, mais ne meurs pas. D'abord,
Je t'en empêcherai, vois-tu ; je hais la mort. »
L'autre la regarda pendant une seconde,
Et puis, avec le ton d'une pitié profonde,
Il répondit : « C'est bien, madame, je vivrai.
Non qu'un ordre de vous me paraisse sacré ;
Mais bah ! je vous méprise, et je vois bien qu'en somme
Votre peau ne vaudra jamais la mort d'un homme. »
Et, mettant son chapeau sur sa tête, il sortit.

Eva se tut longtemps. Son front s'appesantit ;
Folle, elle entendait battre et siffler ses artères.
Ce fut une heure ou deux d'angoisses solitaires
Qui payaient chèrement l'insouciante humeur
De cette fille à qui la publique rumeur
S'obstinait à prêter un corps dépourvu d'âme.
Mais elle se dressa brusquement : une flamme
Luisait dans son œil gris qui devint presque noir,
Et tout haut elle dit : « Cela sera, ce soir.
Moi qui l'avais aimé sans m'en être doutée ! »
Elle tremblait de tous ses membres. Tourmentée,
Indécise, elle fit quelques pas ; et sourit
En voyant un couteau de chasse. Elle le prit :

La lame ruissela dans un rai de lumière
Qui passait à travers les rideaux ; une pierre
Énorme scintillait au pommeau de vermeil.
Ensuite elle voulut regarder le soleil,
Et se souvint de bien des choses envolées
Qui la firent pleurer. Un pot de giroflées
Fleurissait, qu'elle alla respirer longuement.
Comme elle sanglotait, songeant à son amant,
Elle se dit : « Pour lui, le sourire à la lèvre,
Il se serait tué sans grelotter de fièvre,
Et tout cela pour un caprice, et sans m'aimer ! »
Cette réflexion sembla la ranimer,
Et le sang-froid d'Alfred la rendit tout heureuse.
Suprême vanité de la femme amoureuse !

Au bout d'une heure ou deux, elle était prête. Alors
Un frisson, malgré tout, lui passa dans le corps,
Et réveilla sa peur un moment assoupie ;
Car elle allait mourir, et la mort est impie
Qui glace une beauté si radieuse à voir !
Comme elle allait crier, elle mit un mouchoir
Sur sa bouche ; et soudain retrouvant son courage,
Pâle, sans remuer un muscle du visage,
Elle planta d'un coup rapide et violent
La lame du couteau dans son ferme sein blanc.

MORALITÉ

Par une après-midi superbe de septembre,
Alfred était assis dans sa petite chambre
Et songeait à partir en pays étranger.
Lorsque n'importe quoi vous trouble, voyager
Est le meilleur moyen qu'on ait dans notre époque
De se rasséréner. « La chose est très baroque,
Pensait-il, me voilà le cœur tout à l'envers.
Je deviens très sensible ! et ces diables de vers
Qui me rappelleraient sans cesse l'aventure ?
Brûlons-les. Et pourtant... tous écrits sans rature !
C'est dommage. Vraiment, j'ai là quelques sonnets
Qui me plaisent ; ils sont dans le goût japonais.
N'importe, brûlons tout. »

                              Brusquement, la sonnette
Retentit ; et l'on vit paraître la binette

D'un gros monsieur, vêtu très confortablement.
« Monsieur, je suis Cartel, libraire. En ce moment,
Il n'est bruit que de vous. Une charmante femme
S'est tuée, et pour vous, dit-on. C'est tout un drame !
Je ne veux pas avoir de détails, mais, parbleu,
Un manuscrit de vous ! — Voyons, voyons un peu,
Dit le poète ; non, je n'ai rien. Je travaille
A deux ou trois romans, mais je n'ai rien qui vaille.
— Mais je vous payerai tout ce que vous voudrez !
Dit l'éditeur. — Ma foi, fit l'autre, parcourez
Les sonnets que voici. — Beau, sublime, admirable !
Fit Cartel. Je prends tout. »

                         Et, digne, sur la table
Il laissa ruisseler de sa poche un trésor
De bleus billets de banque et de clairs louis d'or.

LA BATAILLE DES OS

CONTE FANTASTIQUE

A

MICHEL DE L'HAY

Comment te définir? — Un dieu de brasserie
Secouant le soleil bouclé de ses cheveux?
Une barbe? un chasseur d'Afrique? ou, si tu veux,
Une rose d'été splendidement fleurie?

Il n'importe, d'ailleurs, puisque (sans flatterie)
Personne ne te fait le poil. Que nos neveux
Se le tiennent pour dit! et s'il est des morveux
Qui jaspinent là contre, où sont-ils, je te prie?

Donc, bel homme, ce conte assez plaisant, je crois,
Te sera dédié. Si mes lecteurs sont froids,
S'ils pensent méchamment « cela ne veut rien dire; »

Je me consolerai que leur avis soit tel,
Pourvu que toi tout seul tu t'égueules de rire
Et mordes de plaisir ta barbe d'immortel!

LA BATAILLE DES OS

~~~~~~~

Dans le monde, il arrive assez communément
Qu'une femme n'ait pas assez d'un seul amant ;
Alors elle en prend deux, sinon trois. L'innocente
Dont je veux vous parler et que je vous présente
En avait au moins deux ; car deux messieurs fort bien
Suffisaient à grand'peine à tout son entretien,
Attendu qu'elle avait sa voiture, un gros singe,
Et qu'elle salissait énormément de linge.
Un jour, ces deux messieurs — jusque-là fort gentils —
Piqués de je ne sais quelle mouche, et nantis
De preuves bien en règle attestant que des cornes
Trouaient fâcheusement leurs fronts chauves et mornes,

9.

Se cherchèrent querelle, et comme des poulets
S'embrochèrent l'un l'autre. Ah! messieurs, plaignons-les!
Un exemple d'amour aussi chevaleresque
Dans notre siècle est rare, et ridicule presque.
La demoiselle était pleine de sentiment :
Elle se retira dans un appartement
Confortable et discret, et, comme elle était blonde,
Porta, le deuil le plus coquettement du monde.
Quant à nos ferrailleurs, ils furent enterrés
L'un et l'autre à Montmartre, et l'on vit par degrés
S'étendre et s'épaissir sur leurs froides demeures
Ce lichen de l'oubli qui pousse en quelques heures...

Mais ce n'est pas tout ça, soyons gais. Quatre mois
Après l'événement, la dame au fin minois
Avait trouvé chaussure à son pied, c'est-à-dire
Un homme à qui ses dents permettaient de sourire,
Riche, pas trop jaloux, soupeur déterminé,
En un mot l'agréable et l'utile. Phryné
Se paya du bon temps et beaucoup d'écrevisses.
Son cœur et son esprit étaient truffés de vices;
Gourmande, libertine, absurde, sans pudeur,
Un vrai don Juan femelle! Oui, mais le Commandeur
Ne devait pas tarder à venir : donc, silence.

Quel est le fat assez cuirassé d'insolence
Pour nier la magie ? et qui peut rire au nez
D'un homme convaincu, dont les yeux étonnés
Ont vu, sur le minuit, s'ébaucher un fantôme ?
Oui, par delà le ciel et la terre, un royaume
Existe, ténébreux et fort mal exploré,
Où l'on descend rieur, d'où l'on sort effaré,
Et qui renferme plus de choses, sur ma vie !
Que n'en rêva jamais notre philosophie.
(Je paraphrase Hamlet.) Mais, pour ne pas tenir
En suspens le lecteur, qui ne voit rien venir,
Un beau jour, une nuit plutôt, le cimetière
Fut témoin d'une scène incroyable. Une bière
S'entr'ouvrit d'elle-même avec un grincement ;
Un monsieur en sortit. C'était l'ancien amant
De Phryné, mort en duel, et mis comme un squelette.
Il portait un petit bouquet de violette

A la troisième côte : un souvenir d'amour,
Qui remontait au temps fort lointain de sa cour.
Il avait exigé qu'on le mît dans sa bière.
Ce squelette, que nous appellerons Jean-Pierre
(Seulement pour ne pas confondre), alla tout droit
Vers la tombe de l'autre amant. « Quel chien de froid !
Disait le revenant en claquant des mâchoires.
Eh ! monsieur, levez-vous. — En voilà, des histoires !
Je ne suis donc pas mort ? fit l'autre. (Vous pouvez
L'appeler Jean-Baptiste.) — Oui, nous sommes crevés,
Reprit Jean-Pierre ; c'est une chose certaine ;
Mais ne discutons pas avec le capitaine.
Le souverain des morts nous octroie un congé ;
Profitons-en. — Hum ! Hum ! Quel mal de tête j'ai,
Fit Jean-Baptiste. Allons, ôtez-moi cette planche ;
Là, me voici dehors. Bigre ! la terre est blanche,
Sans doute il a neigé. Comme c'est curieux !
J'y voyais beaucoup moins lorsque j'avais des yeux.
— Ne perdons pas le temps, lui répliqua Jean-Pierre.
Au premier chant du coq, avant que la lumière
Ait servi de héraut à monsieur le Soleil,
Nous recommencerons cet ennuyeux sommeil.
Que pourrions-nous bien faire en attendant l'aurore ?
— Si nous allions souper ? répondit l'autre. — Encore ?
Fichtre non : quant à moi, je n'ai que trop soupé
Pendant ma vie. — Eh bien ! reprit l'ami, campé

D'une façon assez fanfaronne, Mabille
Ne vous plairait-il pas? Pour moi, je fus habile
Comme cavalier seul. » Et le spectre en gaîté
Ne se crut point heureux qu'il n'eût exécuté
Le pas du hareng-saur, avec la frénésie
Qu'y peut mettre un fantôme ivre de poésie.
« Finissez donc! criait Jean-Pierre ; le gardien
Va venir. Écoutez : vous êtes mon ancien,
Ainsi vous me devez le respect. Que vous semble
D'aller revoir Phryné? Nous l'aimâmes ensemble,
Et nous fûmes cocus l'un par l'autre. — Bravo !
Vous avez de l'esprit, vieille tête de veau,
Dit Jean-Baptiste. Allons la voir, cette pucelle.
Mais moi je n'en veux pas: elle était trop ficelle.
Vous fanfrelucherez si vous voulez ; pour moi,
Je boirai de l'alcool et je me tiendrai coi.
— Ça me va, dit Jean-Pierre. — Ah çà ! fit Jean-Baptiste,
Tâche de t'égayer. Amusons-nous, l'artiste !
On dirait que tu vas à ton enterrement.
Eh! mais, sais-tu l'adresse ? — Oh! pas précisément,
Mais je devinerai, tu peux être tranquille.
Saute, voici le mur. Marche donc, imbécile ! »

Et les deux compagnons de phosphate de chaux,
Sortis pour une nuit de leurs affreux cachots.

Sautèrent lestement par-dessus la muraille
Et prirent une rue. — On croira que je raille,
Mais je m'en moque. — Un vent glacial soufflait
Les pauvres revenants ; le ciel sans lune était
Noir comme un four ou comme une âme de Jésuite.
Jean-Baptiste (le vieux) s'aperçut tout de suite
Que cela ne pouvait aller ainsi. « Vraiment,
Dit-il, je jouissais d'un bon tempérament ;
Mais soit que j'aie un peu baissé, soit que la bise
S'acharne méchamment contre un dos sans chemise,
Le fait est que je meurs de froid. Nous sommes forts,
Et nous avons pour nous la peur qu'on a des morts ;
Ruons-nous en poussant des clameurs effroyables
Sur les premiers passants venus... — Par tous les diables !
Interrompit l'ami, c'est cela ; prenons-leur
Tout ce qu'ils ont sur eux. S'ils criaient : au voleur,
Nous ferions bien sauver madame la Police
En lui riant au nez. — Parbleu, dit son complice,
Voilà qui va bientôt couronner ton désir. »
Deux gros hommes passaient. « Faites-moi le plaisir
D'ôter tous vos habits et de nous les remettre.
Dépêchez-vous. Allons, ne criez pas, mon maître !
Et vous, pas de syncope ! » On peut juger d'ici
A quel point ce bon tour fut trouvé réussi
Par les deux malheureux. La poitrine oppressée
Et le corps inondé d'une sueur glacée,

Les cheveux hérissés, pâles affreusement,

Ils se déshabillaient avec égarement.

Jean-Pierre cependant avait mis sa culotte

Et se drapait dans un mac-farlane. « Ça flotte,

Dit le facétieux squelette : il est trop gros,

Cet homme-là. » Quand ils furent prêts, les bourreaux

Partirent bras dessus, bras dessous, d'un air digne,

Laissant nus, et sans même une feuille de vigne,

Les deux infortunés qui claquaient des genoux

Et que l'on conduisit au poste comme fous.

Les promeneurs à jour, déguisés par ces nippes,
Se virent accoster par un tas de guenipes ;
C'est le quartier. Mais eux, se contentaient alors
De dire, en ôtant leurs chapeaux : « Nous sommes morts. »
Les femmes se sauvaient avec des cris. — Jean-Pierre
S'arrêta tout à coup. « Je vois de la lumière
Au troisième, dit-il. Je serais étonné
Si ce n'était pas là que demeure Phryné.
— D'où te vient cette idée ? — Ami, fit l'homme triste,
C'est un pressentiment. » L'honnête Jean-Baptiste
Lui rétorqua : « Va donc pour le pressentiment ;
Montons. Je vois d'ici son embarras charmant :
Elle se doute peu, cette excellente garce,
Qu'elle aura le plaisir de nous voir. Bonne farce ! »

En effet, la donzelle attendait son époux,
Et, pour tuer le temps, elle cherchait les poux

De son singe ; elle aimait ce singe à la folie.

Elle fit une moue on ne peut plus jolie

Lorsque nos deux amis sonnèrent. « Le vilain !

Il a donc oublié sa clef ? C'est très malin. »

Quand elle ouvrit, jugez de son horreur ! « Madame,

Dit le galant Jean-Pierre, excusez-nous. La flamme

Dont je brûlais pour vous quand j'avais une peau

Ne s'est jamais éteinte : au fond de mon tombeau

J'ai pensé bien souvent... — Quel rêve abominable !

Mais ce n'est pas possible, au secours ! »

                                        Une table

Étalait une nappe assez blanche, sur quoi

Se trouvait un en-cas de nuit digne d'un roi :

Jean-Baptiste s'assit sans faire de manières,

Cependant qu'insensible aux larmes, aux prières,

Son collègue avait pris la fille dans ses bras,

L'avait déshabillée et mise au lit. « Du gras !

Nous sommes vendredi, pourtant, fit Jean-Baptiste.

Ce jambon me paraît exquis, mais j'y résiste ;

Les morts doivent donner l'exemple. D'autant mieux

Qu'un énorme homard me réjouit les yeux. »

Et le soupeur, ayant ôté sa redingote,

Mangea résolument. « Eh ! ça vous ravigote,

Fit-il ; voyons le vin. Peste, c'est du Corton !

Mais elle se met bien, la fille. Eh ! Jeanneton ? »

Une tête de mort qui faisait la grimace
Entr'ouvrit les rideaux du lit. « Zut! elle *masse*.
Laisse donc travailler ma petite Phryné.
— « Ah! c'est juste, » fit l'autre. Et le spectre aviné
Se remit à pinter rudement, comme un chantre.
A ce métier, pourtant, il n'eût pas pris de ventre :
Car instantanément les verres de Corton
Sans qu'il s'en aperçût glissaient sous son menton
Et tombaient en faisant des cascades par terre.
Le pauvre homme avait bu son dix-septième verre
Et se persuadait qu'il devait être gris.
Des morceaux de homard se trouvaient tout surpris
De n'avoir pas été digérés ; à mesure
Qu'ils étaient absorbés, sans la moindre blessure
Ils s'en allaient joncher le parquet. Cependant
Le bougre dévorait sans perdre un coup de dent,
Riait tout seul, trinquait à la santé du pape,
Essayait de moucher son trèfle avec la nappe,
Se cassait sur le crâne une bouteille ou deux,
Pétait (mais pas de graisse) et n'en rotait que mieux.

Comme il se rabattait sur un morceau de hure,
On entendit la clef grincer dans la serrure :
Et l'amoureux vivant, l'homme vrai, l'homme en chair,
Apparut. « Qu'est ceci? cria-t-il. — Ça, mon cher?

Parbleu, tu le vois bien, c'est un spectre qui mange. »
Cette apparition pouvait sembler étrange ;
Mais l'homme était athée, et ne croyait à rien.
« Tu mens, s'écria-t-il. — Vous êtes un païen, »
Riposta Jean-Baptiste. Et, séance tenante,
Il prit une posture assez inconvenante,
Ayant déboutonné son pantalon et tout.
« Cette façon de rire est très peu de mon goût,
Reprit l'homme vivant. On me fait une charge ;
Je ne crois pas du tout aux revenants. Au large ! »
Mais l'autre ricanait silencieusement ;
Car il savait à quoi s'en tenir. Écumant,
Livide, et devenu presque fou de colère,
Le monsieur s'approcha du lit. « La chose est claire !
Cria-t-il. On me joue, on a des amoureux !
(Et la femme râlait sous les baisers affreux
Du spectre.) C'est pour ça que l'on me congédie !
Sans sortir de chez soi l'on a la comédie...
Madame, vous couchez avec Robert Houdin ! »

Jean-Baptiste indigné lui dit : « Tu n'es qu'un daim. »
Et, décrochant du mur deux énormes épées,
Il les brandit en l'air entre ses mains crispées.
« Prends celle-ci, dit-il : c'est un duel à mort. »
Il battit deux appels, car on a toujours tort

De n'être pas poli. « Moi, fit le personnage,
Je pourrais ferrailler trois nuits sans être en nage.
J'ai quatorze ans de salle. Ah ! monsieur ne croit point
Aux revenants ! J'en suis fâché. Peste ! un bon point ;
On voit que vous savez le métier. Que l'escrime
Est une belle chose ! Allons, parez septime :
Eh ! non, ce n'est pas ça, vous vous ferez moucher.
Gageons que ce coup-ci je vais vous emmancher ? »
On ne pouvait pas rompre, et ce damné squelette
Avait un poing de fer ! « Tiens, ton affaire est faite,
Un coupé-dégagé, tu vas voir. » Et soudain
Le spectre se fendit comme un vrai paladin,
Il se fendit au moins de deux mètres. La lame
Entra jusqu'à la garde, et l'homme rendit l'âme.

Tandis que ce combat mémorable avait lieu,
Jean-Pierre épouvantait Phryné, marbrait de bleu
Son épaule et ses bras, l'étouffait de caresses,
La labourait de coups de coude. Ces tendresses
N'aboutirent pas mieux que les essais gourmands
De l'héroïque Jean-Baptiste, et les amants
Pouvaient limer ainsi pendant une semaine
Sans que cela valût décidément la peine.
Mais le squelette, aussi débauché qu'impuissant,
Pinçait Phryné jusqu'à faire jaillir le sang :

Ses doigts glacés couraient sur la poitrine grasse
De cette délicate enfant, pleine de grâce ;
Avec de grands soupirs l'horrible polisson
Sur elle se vautrait ainsi qu'un limaçon,
Et soupirait : « Mon Dieu, que c'est bon, la chair fraîche !
Et que je mordrais bien dans cette belle pêche ! »

Cependant Jean-Baptiste, excité par le vin
Qu'il croyait avoir bu, se distrayait en vain
A danser une gigue. « Ah çà, l'ami Jean-Pierre,
Cria-t-il tout d'un coup, j'ai les coups de rapière,
Et toi, la fille ! Viens te soûler, c'est ton tour ;
Moi, je vais me payer un quart-d'heure d'amour.
— Va te coucher. — Comment! va te coucher ? — Oui, certes,
Va-t'en dans les buffets faire des découvertes.
Moi je suis à mon poste, et j'y reste. — Mordieu !
S'écria le fantôme irritable, j'ai lieu
De me φουτρε en colère, et je m'y φους. La femme
Est à moi ! Je la veux ! — Ça, c'est du mélodrame.
Achève ta bouteille et fiche-moi la paix.
— Corps du Christ ! Je vais voir si ton crâne est épais. »
Le spectre, là-dessus, saisissant la pincette,
En asséna trois coups furieux sur la tête
De son ami Jean-Pierre. « A l'assassin ! Holà !
Au meurtre ! » Et le squelette infortuné roula

10.

Sur le plancher. « Comment veux-tu qu'on t'assassine ?
N'es-tu pas déjà mort ? — Tu crois qu'on me bassine
Impunément ? reprit Jean-Pierre : tu verras. »
Il empoigna la pelle, et, levant son grand bras,
L'abattit sur le crâne oblong de son confrère.
Celui-ci ne fut pas inactif : au contraire.
Un terrible combat s'éleva donc : pendant
Une heure on entendit le bruit sec et strident
Des instruments de fer qui sonnaient sur les crânes.
Tudieu, quelle vigueur ! Vrai, pour de simples Mânes,
Ils se comportaient bien. Tantôt c'était un bras
Qui, détaché du corps, tombait avec fracas ;
Tantôt une mâchoire à demi détraquée ;
Une jambe d'un coup de pelle disloquée ;
Un tibia rompu qui jonchait le tapis.
Ils ne voyaient plus rien. Dans les glaces ! tant pis.
Et les meubles roulaient par terre ; la vaisselle,
Les verres, le homard, le jambon, la sarcelle,
Tout s'écroulait, c'était un tumulte d'enfer !

*
* *

Soudain, le chant joyeux du coq vibra dans l'air.
« Au diable ! allons-nous-en, » dirent-ils. Et, sur l'heure,
Les spectres affairés se mirent en demeure
De ramasser leurs os afin de décamper.
« *Trottons-nous*, fit Jean-Pierre, on va nous *attraper*.
Il me manque une côte. Allons, bon ! ma mâchoire
Est dans un bel état. Que cette chambre est noire !
(Dans le feu du combat, ils avaient tout éteint.)
Qu'avait-il à venir, ce mufle de matin ?
As-tu mon cubitus ? Sacrebleu, faisons vite.
Tu m'auras encor pris mon fémur. — Je t'invite
A me flanquer la paix. — Mon fémur, s'il te plaît !
— Tu l'auras, ton fémur. Moi, je suis au complet ;
Partons-nous ?—Attends donc. Là, j'y suis. Mais peut-être
Qu'on peut à la rigueur passer par la fenêtre ?...
Ah ! j'y pense, emportons le cadavre. Il serait

Vraiment peu délicat d'éventer le secret
Et de livrer ainsi notre folle maîtresse
Au glaive de la loi. Vite, l'heure nous presse.
Venez, bel amoureux. Holà ! monsieur le sourd !
Monsieur le trépassé ! je vous trouve bien lourd.
Tiens les pieds, Jean-Baptiste, et je tiendrai la tête.
Ma mignonne, au revoir. — Adieu ! notre conquête, »
Fit l'autre. Et sous le bras prenant le mort en duel
Avec un rire aussi malséant que cruel,
Ils mirent à sauter en bas cette prestesse
Qu'un vicaire affamé met à dire sa messe.

Tout à coup, le soleil bondit, rose et joyeux,
Dans la chambre à coucher. Entr'ouvrant ses beaux yeux,
Et s'étirant avec un bâillement sonore,
La charmante Phryné, tout endormie encore,
Se mit sur son joli séant. « Que je m'en veux
D'avoir tant bu! dit-elle. Oh! la la, mes cheveux!
J'ai dû dormir au moins trente-six heures. Diable!
Il paraît que j'aurai renversé cette table.
Que de verres cassés! — Doucement, doucement :
Est-ce qu'on ne m'a pas égorgé mon amant?
J'ai couché cette nuit avec un grand squelette;
C'est immense! — Comment, mais voilà ma toilette
En morceaux! mon tapis de Perse, mes rideaux,
On a tout abîmé! J'ai très mal dans le dos,
Et je suis encor grise. Oh! c'est un fichu rêve
Que j'ai fait là! Je veux que le diable m'enlève

Si je m'y reconnais, avec ce bruit d'enfer,
Ces fantômes, ces gens qu'on assomme... »

                                    Et d'un air
Mélancolique, ayant couché sa tête blonde
Sur un bras blanc, le plus appétissant du monde,
Phryné se demanda ce qui s'était passé ;
Et, ne se fiant pas au récit insensé
Que lui faisait sa trouble et confuse mémoire,
Conclut qu'elle avait dû démesurément boire.
« Oui, oui, c'est bien cela ; j'avais le cauchemar,
Dit-elle ; et c'est encor ce cochon de homard ! »

L'ANGE

CONTE MYSTIQUE

A

PAUL BOURGET

Soignons la dédicace. — Inestimable Paul !
Permets-moi de t'offrir une manière d'ange.
Dans l'absurde contrée où j'ai fait ma vendange,
Un seul grain de raisin suffit à rendre fol.

Oui, je m'en vais au grand soleil sans parasol !
Un essaim furieux de moucherons me mange ;
Tout mon cerveau s'empourpre, et, n'est-ce pas étrange ?
Je mourrai de chanter, comme le rossignol.

11

A PAUL BOURGET.

Or, que puis-je t'offrir? des points et des virgules,
Des syllabes, des mots. Présents fort ridicules!
Mais tu prendras mon cœur avec: le bougre est chaud.

Lis ces vers encor frais; car l'ignoble Critique,
Avec ses sales mains de servante, bientôt
Plumera sans pitié ma volaille mystique.

L'ANGE

PRÉLUDE

C'était fête et concert dans le Ciel, à propos
De ce septième jour où Dieu prit son repos;
Dans le palais de gloire et de paix infinie
Éclataient le trombone et le cor d'harmonie.
On jouait du Wagner. L'orchestre habituel
Était bien renforcé, car on n'a guère au Ciel
Que des harpes, des luths, des violes et des basses.
Quant au clairon sonnant à travers les espaces,
On l'entend, Dieu merci, tous les trois cent mille ans.
Ainsi cordes et bois, timbres, cuivres ronflants,

Timbales, cors anglais, que sais-je? ophicléides,
Attaquaient un de ces tutti forts et splendides
Que siffle à Pasdeloup le public parisien,
Patriote, c'est vrai! mais peu musicien.
Au Ciel, on écoutait. Dieu battait la mesure:
La barbe en éventail, montrant une figure
Plus jeune que jamais, ce Vieillard redouté
Portait gaillardement sa lourde éternité.
Son tout-puissant regard enveloppait la foule
Ondulant devant lui comme une large houle,
Et lisait dans le cœur des Esprits et des Saints.
Paternel, il lorgnait ces vertueux essaims.
Tout à coup, son œil gris se fixa sur un ange
Qu'illuminait un air de rêverie étrange.
C'était un jeune Esprit aussi blond que les blés,
Pâle et rose, charmant sous ses cheveux bouclés.
« Holà! plus de musique; » et, d'un geste de maître,
Dieu fit taire les chants. « Voulez-vous me permettre?
Un petit examen : cinq minutes, messieurs,
Et puis nous reprendrons cet air prodigieux.
Viens ici, toi. Pourquoi ce front mélancolique?
Aussi vrai que je suis excellent catholique,
Tu trames quelque chose. Est-ce que le Maudit
Veut me jouer un tour? » Et l'ange répondit :
« Seigneur, je ne saurais mentir. Votre colère
Est formidable : mais, dussé-je vous déplaire,

Je ne crains pas de dire à votre barbe, ô Dieu !
Que le spleen est venu m'atteindre dans ce lieu.
Cette éternelle odeur de cinname et de myrrhe,
Ces murailles d'or fin que tout le monde admire,
Voire le *Messias* du sublime Händel,
Tout cela me dégoûte. — Eh ! bien, dit l'Éternel,
A la bonne heure, au moins, voilà de la franchise !
Mais tu veux me tromper ; ta jeune âme est éprise
D'un de ces beaux démons de soie et de satin
Qui, même aux plus savants, font perdre leur latin.
Ah ! les femmes ! Pourtant, c'est moi qui les ai faites.
— Vous avez eu grand tort, rugirent les prophètes.
— Silence, mes vieux boucs ! Des anges autrefois
Se damnèrent, dit-on, pour de jolis minois ;
On sait sa Version des Septante ! — Messire,
Dit l'ange, j'aime un homme. — Un homme ! c'est bien pire ;
Tu ne les connais pas, mon agneau. Mais comment
Un ange pourrait-il aimer un homme ? Il ment,
Cela n'est pas possible. — O mon vénéré maître,
Je suis un pur esprit, fit le gracieux être ;
Je peux devenir femme, homme, et même Auvergnat.
Puis, regardez mon cou, mon teint si délicat,
Ma toute féminine et suave personne :
Ai-je l'air masculin ? — Voilà comme on raisonne
Quand on est jeune ! Baste, agis comme il te plaît.
Rira bien qui rira le dernier. Un couplet

11.

Du *Jeune et beau Dunois!* Marchez, Sainte Cécile.
Quant à toi, malheureux, disparais! je t'exile.
Tu ne trouveras pas le bonheur ; tu perdras
Jusques au souvenir du Ciel. Va dans tes draps !
Epuise sans pudeur l'abjection physique !
Et nous, continuons. En avant, la musique ! »

I

La scène se transporte en un petit salon
De restaurant. Il faut une dose d'aplomb
Pour passer brusquement du Ciel à la taverne ;
Mais tout s'enchaînera plus tard. — Un monsieur terne
Cause avec un monsieur très brillant ; le café
Exhale son arome. On s'est bien étouffé
De mangeaille ; on a bu du vin de l'Ermitage,
Et les deux gentlemen étaient gris au potage.
Le moment du cigare est un sacré moment
Où l'on pardonnerait volontiers à l'amant
De sa femme ; où l'on est heureux, plein de bien-être,
Où le plus grand chagrin passe comme une lettre
A la poste ; où l'on est guilleret et raillard.
L'un de ces deux messieurs, férocement paillard,
Avait pris sa maîtresse à l'autre, par mégarde.
L'ami, sentant monter à son nez la moutarde,

Avait voulu se battre. « Un duel ! avec plaisir,
Fit l'autre, mais dinons. Je consens à mourir,
Mais je veux jusqu'au bout avoir mon confortable.
Nous nous expliquerons le mieux du monde à table. »
De là, ce dîner fin. Du diable si l'ami
Voulait encor se battre ! Angoisseux et blêmi,
Il écoutait, en proie aux affres de l'ivresse,
Un plaidoyer subtil : « Je t'ai pris ta maîtresse.
Si tu ne l'aimais pas, tu n'es point offensé ;
T'en voilà pour toujours quitte et débarrassé.
Si tu l'aimais, je suis ton bienfaiteur. Que diable !
Le déclin de l'amour est chose pitoyable ;
Vous vous seriez boudés, pris en grippe, exécrés ;
Tes plus chers souvenirs, tes souvenirs sacrés
Se seraient lentement flétris... Mais moi, j'arrive
Et te souffle la fille ! Ah ! ta douleur fut vive ;
Mais crois-moi, dans trois jours cela te passera,
Et quand tu seras vieux ton cœur reverdira
En songeant aux douleurs de la vingtième année ! »
Cette péroraison fut rondement menée ;
L'orateur se versa trois verres de cognac,
Et les but. Il reprit : « Tu n'as pas lu le *Lac* ?
C'est un poëme en vers du nommé Lamartine.
C'est très beau ! mais pardieu, la chose est enfantine.
Il faut aimer la femme, et non des femmes. Tiens,
La joie est bonne et n'est pas faite pour les chiens.

Je fais autant de cas de toutes tes donzelles
Que de ce verre-ci, que je casse. Ficelles,
Que leurs beaux dévouements et que leurs passions !
Un homme de trente ans n'a plus d'illusions.
Quand tu voudras coucher avec ma bien-aimée,
Prends-la. Moi, je m'amuse, et le reste est fumée.
— C'est bien, Jacques, dit l'autre. Un jour, tu le verras !
Je viendrai t'arracher une femme des bras. »
Et le poivrot glissa lentement sous la table.
Jacques, dans un état d'ivresse incontestable,
L'abandonna parmi les débris du festin,
Et sortit. Il était deux heures du matin,
Et, coquettes, mirant leurs yeux d'or dans la Seine,
Les étoiles avaient comme un sourire obscène.

II

Jacques Dreux (c'est le nom du zèbre) s'en allait
En titubant le long de la Seine ; il sifflait,
Pour s'égayer sans doute. Ici je suis fort aise
De m'expliquer ; ainsi, j'ouvre une parenthèse.
Jacques, parfait dandy, roi des indifférents,
Tout jeune eut le bonheur de perdre ses parents,
Et devint l'héritier d'une fortune immense.
Il se rua sur la débauche avec démence.
Ame passionnée et friande du mal,
Il eut bientôt en lui satisfait l'animal.
A vingt ans, excédé de plaisir, sans envie,
Sans rêve, sans amour, il sut par cœur la vie
Dont il avait touché le fond ; et cette mer
Lui laissa dans la bouche un goût toujours amer.
Alors il s'abîma dans l'étude des lettres,
Des sciences, des arts : et devant les grands maîtres

De la sculpture antique, il demeurait parfois
Des heures à songer, en extase et sans voix.
La nature avait fait de cet homme un artiste,
Un pétrisseur du marbre ; et, profondément triste,
Il jalousa les Grecs, amants de la beauté.
Lui, fils pervers d'un siècle ardent et tourmenté,
Admirait avec rage un peuple de statues
Qui, de leur splendeur noble et tranquille vêtues,
Insultaient le ciseau des modernes. « Parbleu !
Criait-il, ils vivaient sous le large ciel bleu ;
Des vêtements ouverts montraient la forme pure.
Ils ne connaissaient pas la pudeur ! O nature,
Qui te devinerait sous ce tas de chiffons ?
On s'affuble aujourd'hui de vêtements bouffons ;
On se sangle dans des machines en baleine.
Véritables guenons, avec leurs bas de laine,
De soie ou de tricot, et leurs souliers étroits.
Et c'est pour ça que l'Autre a souffert sur la croix !
La laideur aujourd'hui foisonne par les rues ;
La grâce et la beauté sont choses disparues.
On se rue à la Bourse ; on a de vrais museaux,
Des mufles, des groins, des gueules, des naseaux,
Point de faces ! partout sottise, hypocrisie,
Avarice, calcul. Époque bien choisie
Pour un artiste. Un bloc de Paros, un beau bloc !
Sculptons monsieur Prudhomme en train de boire un bock.»

Pourtant il travailla, s'exila loin du monde,
S'essayant, dépensant mainte veille féconde
A pénétrer son art jusqu'au fond. Chaque jour
Il dessinait, ou bien, plein de fougue et d'amour,
En face d'un modèle il tripotait l'argile.
Une Vénus, un faune, un gracieux Virgile
Sortirent de ses mains. Puis, en beau marbre blanc
Il fit un Apollon sublime, étincelant,
Qui fouettait hors de l'eau son vigoureux quadrige.
Des gens de bonne foi crièrent au prodige.
La tête, le poitrail et les pieds de devant
Des chevaux se cabraient : s'éclaboussant, bavant,
Les bêtes secouaient une dure crinière,
Et leurs larges naseaux ronflaient de la lumière.
Ce groupe épouvanta le public du salon.
L'artiste promettait, — il en savait bien long -
La pureté, la ligne — et cœtera. Cet homme,
Qui ne sentait ni peu ni prou son prix de Rome,
Défiait tout le monde ; et les marbres grossiers,
Mais vivants, de Carpeaux, ses filles d'épiciers
Ou, si vous aimez mieux, ses filles de barrière,
Pâlissaient à côté de cette œuvre si fière.
On sentait que la ligne est sacrée, et que l'art
Du sculpteur ne veut pas des formes de hasard,
Mais bien une beauté religieuse et pure. —
Jacques disait de son chef-d'œuvre « cette ordure ; »

Il se sentait bien loin des maîtres. Le succès
Le rendit furieux ; il maudit les Français
Qui venaient sans pudeur donner du Praxitèle
A l'auteur d'une aussi chétive bagatelle.
Il alla dans le monde et ne travailla plus.
Il lâcha de nouveau ses appétits goulus :
Il fut joueur, ivrogne et πυτχσσιρ. Son âme
Ne pouvant se gorger de l'amour d'une femme,
Il devint le noceur le plus intransigeant,
Vécut, et n'estima plus guère que l'argent.
Il fut très renommé pour son beau caractère.
Une fois, il changea contre une pipe en terre
Une superbe fille ; elle avait vingt-cinq ans,
Et l'aimait. Tout d'abord, ses duels furent fréquents ;
Ensuite il se lassa d'embrocher des maroufles,
Et trois mois près du feu se rôtit les pantoufles
A se griser chez lui. Quand on lui reparlait
De sculpture : « Parbleu, je suis votre valet,
Disait-il ; j'aime mieux vendre de la chandelle,
A moins que Votre Honneur ne me baille un modèle. »

Revenons au récit. — Comme Jacques, distrait,
Avant de se coucher, le long du fleuve errait,
Une femme passa près de lui. « Que je meure
Si je n'ai cette femme exquise avant une heure ! »

Pensa-t-il. Notez bien qu'il avait bu. C'était
Une suave enfant de Paris, qui trottait.
A cette heure de nuit! Que diable faisait-elle?
Car elle était honnête ou du moins semblait telle.
« Comment t'appelles-tu? » fit Jacques. Mais au lieu
De s'enfuir, de crier : à l'assassin! au feu!
La jeune fille eut un regard doux et timide,
Mais un regard d'amour, suppliant, presque humide,
Et dit :« Je n'en sais rien, mon bon monsieur.— Mais où
Perches-tu? — Je ne sais. — Qui de nous deux est fou?
Se dit Jacques. Mais va pour un bout de causette.
Serait-ce une duchesse habillée en grisette? »
Ils causèrent longtemps. Elle n'avait pas eu
De père ni de mère, et n'avait jamais su
Même ce que c'était. Parfois, dans sa mémoire,
Apparaissait un lieu de plaisir et de gloire,
Et puis tout s'effaçait. De son parler chantant
Elle dit : « Il me semble être née à l'instant;
Mon bon monsieur, je sens que vous êtes mon maître,
Que je vais vous servir, vous aimer, vous connaître.
Viens-je de m'éveiller d'un pénible sommeil?
Je n'ai jamais rien vu, je pense, de pareil
A tout ce que je vois. Ce que je viens de dire,
Je le comprends à peine. — Ah çà, veut-elle rire?
Fit Jacques. Je serais membre de l'Institut,
Que mon étonnement »... Le débauché se tut;

Et, toisant l'inconnue, il reprit : « Viens, ma fille :
Je serai pour toi plus qu'un père de famille,
Et je te donnerai du poulet le jeudi.
Viens, mignonne. Je suis encore abasourdi.
Bah ! tu t'expliqueras demain. Et puis, qu'importe !
A quoi bon s'expliquer ? Entre, voici la porte. »

III

Et pendant ce temps-là, Dieu, qui veille toujours,
Disait railleusement : « Comment vont les amours ?
Avoir été choisir un sculpteur ! c'est infâme.
Pauvre ange ! Tout de même il est gentil, en femme. »

I V

Jacques le lendemain eut la gueule de bois.
Il ne reconnaissait qu'à grand'peine sa voix,
Et souffrait des cheveux. Soudain, quelle merveille!
Profond étonnement d'un homme qui s'éveille!
A la fenêtre de sa chambre se tenait
Un être éblouissant et nu, qui lui tournait
Le dos; de longs cheveux roulaient en boucles jaunes
Sur ce dos ivoirin. Les Vertus et les Trônes
Ont-ils cette blancheur éclatante? Où trouver
Un modelé pareil? Jacques pensait rêver.
Il se souvint alors de la mignonne fille
Qu'il avait ramassée. « Oh! comme le ciel brille!
Disait-elle. Le ciel, c'est tout bleu. Tiens, là-bas,
Ce monsieur tout en or que je ne connais pas!
Le soleil, le soleil! Les mots viennent en foule
Se presser sur ma langue. Ah! je suis comme soûle,

Tout vit, tout se remue et tout a des couleurs.
Ces points rouges, ce sont des fleurs. Vivent les fleurs!
Moi, je les sens d'ici. Ces grosses boules vertes,
Ce sont des arbres. J'ai le vertige. Oui, certes,
Je regarde tout vivre et moi-même je vis!
Je vois se dérouler devant mes yeux ravis
Mille objets différents que par leurs noms je nomme.
Et puis, pourquoi mon cœur bat-il? Ah! j'aime un homme. »
Elle se retourna. Stupide, anéanti,
L'autre était à ses pieds. Il n'avait point senti
La beauté, jusque-là. C'était elle, vivante;
Il en avait comme une espèce d'épouvante.
« Les mains, les bras, les pieds, le torse, tout est beau,
Disait-il. Et les seins! Monte sur l'escabeau,
Laisse-moi t'admirer. Les jambes sont divines.
Puissant et délicat. Quelles attaches fines! »
Lorsqu'il eut caressé ce corps immaculé
Et que sous ses baisers il l'eut comme moulé,
Pâle, ivre de bonheur, il bondit dans la rue,
Vêtu d'une façon pour le moins incongrue.
Comme Archimède, il put s'exclamer : Euréka!
Mais il changea le mot, en homme délicat,
Et courut comme un fou de la Bastille aux Ternes
En hurlant : « J'ai trouvé l'Idéal des modernes! »

V

On dit que le bonheur n'a pas d'histoire. Bien :
Cela raccourcira mon conte. Je n'ai rien
A dire des amours du sculpteur et de l'ange ;
On aime comme on boit, comme on dort, comme on mange,
Et c'est toute une vie. — Ainsi, pendant trois mois
Jacques ne quitta pas l'atelier ; cette fois,
Il avait sous les yeux un absolu modèle,
Une forme tranquille et parfaitement belle !
Il l'aimait, la couvait, s'en repaissait sans fin,
Et, pour le mieux sculpter, palpait ce corps divin.
Et bustes, médaillons, ébauches, terres cuites
Encombraient l'atelier. Surtout, point de visites ;
Ils s'enfermaient tous deux, elle posait, et lui
Pétrissait de la glaise, attentif, ébloui

Du soleil qui tombait d'en haut sur ses épaules ;
Sa chevelure était comme celle des saules ;
En mille vagues d'or ces cheveux lourds et longs
Ruisselaient et pleuraient de la nuque aux talons.
O rêve ! dépasser un jour le statuaire
Que Barbier a nommé « ce vieux tailleur de pierre ! »
Lutter avec les Grecs, créer une beauté
Aussi pure, et, qui sait ? plus vivante ! — L'été,
Ils marchaient longuement, le soir, dans la campagne ;
Le sculpteur attendri regardait sa compagne,
Et des larmes d'amour lui montaient dans les yeux.
Car s'il était l'égal des statuaires dieux,
Ne le devait-il pas à cette enfant charmante
Qui l'aimait en silence, esclave autant qu'amante,
Inestimable don du Ciel ou du hasard,
Qui faisait de son corps la pâture de l'art ?
Jacques Dreux travaillait toujours : « Que je me tue,
Mais que j'aie au moins fait une belle statue !
Pensait-il. Dans un mois tout sera terminé.
Et que l'on nous reparle encore de Phryné,
De Phébé, de Vénus ! Je la ferai sereine,
Sans le moindre défaut, belle et contemporaine ! »

Quant à la jeune femme, à cet ange du Ciel
Qui fit si peu de cas de son heur éternel,

L'amour la possédait tout entière. Sa tête

Et son cœur s'emplissaient de musiques de fête ;

Elle avait son désir devant elle, et ses bras

L'étreignaient nuit et jour et ne le lâchaient pas.

Ah ! si les souvenirs de sa gloire céleste .

Avaient pu la hanter, il est très manifeste

Qu'elle aurait, à l'odeur de l'encens rose et bleu,

Aux passe-temps qu'elle eut chez le bonhomme Dieu,

A la splendeur du Ciel éclatant et féerique,

Préféré des baisers, même des coups de trique !

Son amour fut discret comme un parfum des champs,

Elle ne lançait pas de petits mots méchants,

N'avivait point l'amour par mille singeries

Et ne boudait jamais. Mais ses lèvres fleuries,

Rouges comme le sang des framboises l'été,

Avaient un bon sourire humide et velouté.

Sa caresse n'était ni froide ni brutale ;

Pour tout dire, elle aimait en vraie Orientale.

Son amant se laissait aimer : il savourait

Tant d'âme et de jeunesse, et le charme secret

D'un être vierge et neuf. Elle avait des paroles

Qui le faisaient rêver, tant elles semblaient folles.

Lorsque dans les tableaux des maîtres primitifs

Elle voyait des saints et des anges naïfs,

·Elle les contemplait longtemps. « Tiens, disait-elle,

Vois donc comme ils sont beaux. Pourquoi n'ai-je pas d'aile ? »

Et c'était un babil de rossignol. Et lui,
Ce cœur usé, flétri, desséché par l'ennui,
Sans qu'il se l'avouât aimait à la folie
Cette adorable enfant si belle et si jolie.

FINALE

Le monde cependant accusait Jacques Dreux
D'être devenu pauvre, ou du moins amoureux.
Amoureux! un dandy de cette force! un être
Aussi marmoréen..... On ne pouvait l'admettre :
On attendait toujours qu'il reparût, ganté
De beurre frais, sublime, exquisement botté,
Ou passât au galop de son cheval arabe.

Comme de son rocher sort prudemment un crabe,
Jacques s'aventura, je ne sais plus quel soir,
Sur les grands boulevards, et, tout seul, fut s'asseoir

Au café. La statue avait été finie
Le matin même, et, tout rayonnant de génie,
Jacques buvait un bock, comme un simple mortel.
Il vit passer — son nom ne me vient pas — Un Tel,
Le gâteux qu'il avait cocufié sans honte,
(*Voir page cent-vingt-sept, vers quinze, même conte.*)
J'y suis ! le « Monsieur terne. » Eh ! bien, ce monsieur-là
Reconnut le sculpteur, près de lui s'installa
Et prit un bock, à moins que ce ne fût un verre
D'absinthe ou d'autre chose. « Alors, tu viens de faire
Un voyage ? — Mais non. — Qu'es-tu donc devenu ?
— Je faisais de l'antique. — Ah ! l'antique, c'est nu ;
Je soupçonne...—Quoi donc?—Rien,»fit le monsieur terne.
On parla d'autre chose. On alla de taverne
En taverne ; on passa par le cirque, l'on rit,
L'on but outre mesure et l'on fit de l'esprit.
Jacques changeait de peau. Pendant cette soirée,
Pas un seul souvenir de la femme adorée
Ne vint lui rafraîchir le cœur. Paris, Paris
Furieux emplissait son oreille de cris,
L'enfiévrait de plaisir, le soûlait de lumière !
Il redevint viveur. La tête la première
Il se précipita dans ce gai tourbillon
De joueurs, de catins peintes en vermillon,
De bohèmes, d'escrocs, d'adultères ! Sa gloire
Appartenait déjà, comme on sait, à l'histoire ;

Il fallait soutenir son nom. Jacques sourit,
Et le féroce orgueil du dandy le reprit,
Quand son ami lui dit à l'oreille : « Pauvre homme !
Je sais tout. Te voilà féru d'amour. Mais comme
Tu me regarderais de travers, si j'allais
Te rappeler certain serment... Bah ! tu me plais
Dans ce rôle d'amant naïf, et je t'y laisse.
— Eh ! ne m'y laisse pas, fit Jacques. — Ça te blesse ?
Eh ! bien, je jouirai de mon droit, dit l'ami.
C'est une belle fille, au moins ? — Plus qu'à demi,
Grogna Jacques dans son foulard. Mais que m'importe ?
Il n'est rien de sacré pour les gens de ma sorte ;
Comme pour les sapeurs. Tu l'auras demain soir !
Pour moi, ce n'était rien qu'un modèle. Au revoir. »

En route, le sculpteur se disait à lui-même :
« J'ai bien fait. Pauvre fille ! Oui, j'ai bien fait ; je l'aime,
Donc il faut m'en défaire. Allons, de la vigueur,
Il faut me l'arracher violemment du cœur.
Du reste, j'ai fini mon *navet*. Pauvre gosse !
Corps sublime et si pur !... Ça va *faire la noce*. »

Donc, ces amants, avec des larmes dans les yeux,
Échangèrent de longs et très tendres adieux.

                                                13

La jeune femme (horreur!) fut la maîtresse en titre
De ce monsieur très terne, une manière d'huître,
Un goîtreux s'il en fut ! Elle sut obéir
Et fit semblant d'aimer, ne pouvant que haïr.
Oiseau rare! elle aimait assez pour être bête,
Étouffa ses sanglots et parut satisfaite.
Car Jacques le voulait. Comme elle avait la foi,
Elle ne songea pas à demander pourquoi,
Et livra son doux corps à d'ignobles étreintes,
Elle, fleur de vertu, chaste parmi les saintes !

Quant au dandy, l'amour sut bien le châtier.
Il s'était révélé sublime en son métier
De brute et de sans cœur ; mais, tout au fond de l'âme,
Il souffrait mille morts et se jugeait infâme.
Un jour, il lui passa par l'esprit de mourir.
« Béni soit le hasard qui vient me secourir!
S'écria-t-il ; je suis sauvé. » Sans crier gare,
Sans faire un testament, il jeta son cigare
Et courut se noyer. Passé maître en plongeons,
Il sauta bravement au milieu des goujons
Par un délicieux clair de lune d'octobre.
Il était un peu tard pour devenir si sobre ;
Aussi bien mourut-il au premier litre d'eau.
Laissons-le se gonfler, et tirons le rideau.

En apprenant la mort de Jacques, la pauvrette
Le pleura tendrement, et se fit une fête
D'aller dormir auprès de son bien cher ami ;
Car elle imaginait qu'il n'était qu'endormi,
Et qu'on sommeille bien chez ce prince des fleuves
Qui tient toujours des lits au service des veuves.
En arrivant au quai, son cœur battit très fort ;
Cinq mois s'étaient passés, et l'homme aujourd'hui mort,
Sans doute mort d'amour, l'avait là rencontrée
Par une si joyeuse et si fraîche soirée !
Qui donc les empêchait de s'aimer? Elle vit
Une étoile filante et des yeux la suivit :
« Ainsi tout mon bonheur s'en est allé, » dit-elle.
Sa mémoire lui fut si doucement fidèle
Qu'elle se rappela jusques aux moindres mots
Qu'ils avaient échangés sous les maigres rameaux
Des arbres maladifs et défeuillés : et, triste,
Elle se ressouvint des labeurs de l'artiste
Et du grand atelier sombre, silencieux,
Égayé tout à coup par la clarté des cieux
Lorsque se déchirait le rideau des nuages.
Elle revit aussi les calmes paysages
Et les soleils couchants qu'ils admiraient jadis !
— S'étant donné le temps de compter jusqu'à dix,
Elle marcha vers l'eau sinistre et toute noire.
Je conclus par un *mot* cette navrante histoire :

Si vous croyez que l'ange, atteinte de remord,
Eut le trac pour son âme en se donnant la mort,
Calmez-vous, bonnes gens ! loin d'être épouvantée,
La pauvre ange mourut complètement athée.

L'AS DE CŒUR

RÊVERIE FUNAMBULESQUE

A LA MÉMOIRE

D'ADRIEN JUVIGNY

Pardon, cher, de mêler ta mémoire sacrée
A ce tumulte fou de couleurs et de sons,
O toi qui dans le cœur eus de belles chansons
Que rien n'éveillera sous ta tombe ignorée.

Dans un gai tourbillon de poussière dorée
Passent mes filles d'Ève et mes joyeux garçons,
Car je veux qu'en riant ces nobles échansons
Versent un peu de joie à la foule altérée.

Et toi, qui fus le moins heureux de mes amis,
Et maintenant surtout que le Silence a mis
Sur tes lèvres son doigt glacé, que vas-tu dire ?

Mais tu m'as pardonné : tous les miens sont ici,
Et parmi les vivants, avec un bon sourire,
Tu viens prendre ta place et tu me dis merci.

L'AS DE CŒUR

Depuis que tu n'es plus, misérable grand homme,
O Juvigny, je vais parfois faire mon somme
Dans ce petit théâtre enfantin, où souvent
Nous avons trépigné de rire. Toi vivant,
J'entendais sans effort le langage des mimes ;
Les coups de pieds au cul me paraissaient sublimes ;
Piano, contrebasse et flûte doucement
Tenaient ma rêverie éveillée ; et l'amant
De Colombine, jeune, étincelant et leste,
Me valait Bénédick ou Roméo. J'atteste
Qu'un innocent décor de papier peint, pour nous
Se changeait en un bois si profond et si doux,
Si plein d'enchantements et de métamorphoses,
Que nous le peuplions de frêles lutins roses

Et de sylphes chaussés de vert. Le plus beau soir
Qui fait chanter la mer, calme comme un miroir
Et s'empourprant des feux du ciel, jamais n'égale
La splendeur que j'ai vue aux flammes de Bengale.
— C'est que, trop grand, ayant pris la vie en pitié,
Toi que j'aurais voulu parfumer d'amitié,
O cher ! tu te bouchais les yeux devant la gloire.
Rien ne te pouvait plus charmer, que cette histoire
Aussi vieille que l'homme et bête comme lui.
Et je te vois plongé dans ta stalle, ébloui
De toi-même, et trouvant pour nous deux des merveilles,
Paradoxes vainqueurs, métaphores vermeilles...
Pleurant comme une vache et riant comme un veau,
Moi, des corps de ballet dansaient dans mon cerveau ;
Et je suivais, cahin caha, le vaudeville,
Que je fuguais avec des strophes de Banville !

Je vais là par ennui, par souvenir, cherchant
A repincer en moi quelques notes du chant
Qui me faisait vibrer comme un violoncelle.
Mais, des nèfles ! Mes yeux distinguent la ficelle
Qui fait mouvoir tous ces pantins ; et c'est l'argent,
Qui les pousse, grognons, frénétiques, rageant,
A danser, à se battre, à s'aimer sur les planches.
— Assez philosophé : pur effet des nuits blanches !

Et je suis constipé depuis le dernier mois.
L'autre jour, je bâillais à l'orchestre. Je crois
Que c'était fort comique ; un fol éclat de rire
Secouait et tordait les enfants en délire :
De vrais tire-bouchons ! Mais moi, je connais tout ;
Cassandre ne peut pas soulever mon dégoût ;
Car j'ai vu des démons femelles, si suaves !
Et leurs âmes, par contre, étaient de froides caves
Où sautaient des crapauds ignobles : et, par Dieu,
Avare, grippe-sou, ladre, fesse-mathieu
Et tout ce qu'on voudra, le bonhomme Cassandre
Auprès de cette boue est net comme la cendre.
Il est bête, d'ailleurs, et l'on tape dessus ;
Mais je m'en moque un peu. — Soudain, je m'aperçus
Que j'étais convoité par une ouvreuse impure.
Quarante-sept printemps, et pas mal de figure !
Je pris un air maussade et regardai Pierrot.
Il venait, alléché par le fumet d'un rôt,
Sur la pointe du pied ; sa face longue et blême
Témoignait que pour lui c'était toujours carême.
Pauvre diable ! — Voilà ce farceur d'Arlequin
Qui s'amène en battant des entrechats. Coquin !
Plus fort que Richard trois, dans ton insouciance
Tu n'as jamais subi la lâche conscience ;
Tu pinces les mollets de Colombine, toi ;
Tu fais ce qu'il te plaît ; tu n'as ni foi ni loi ;

Vêtu d'or, d'écarlate et de vert, tu scintilles
Et ton gai flamboiement ensorcelle les filles ;
Ton masque noir, pareil à celui d'Othello,
Te rend impénétrable à tous ; et, rigolo,
Hypocrite, voleur, fou, paillard, acrobate,
Tu sens le monde entier palpiter sous ta batte.
—C'est bien réjouissant, les symboles ! — Tiens, vois,
Colombine apparaît à son balcon de bois,
Fraîche comme la nuit et belle comme un mythe !
Il est vrai que Pierrot est là, rêvant marmite,
Bouillons et rogatons ; mais toi, fort proprement,
D'un coup de pied tu vas broyer son fondement.
— Il paraît que la pièce est bonne ; je halète.
Seulement, j'ai très chaud. Cette ouvreuse replète
Me lorgne avec fureur. On crève, ici ! De l'air !
Mais regardons. J'ai vu briller un brusque éclair
A travers les deux trous de ton funèbre masque,
Éternel séducteur des filles, plus fantasque
Et plus impitoyable encore que Don Juan !
Pierrot va recevoir une bâffe : pan, pan,
Il vous convulsera sa face grimacière,
Et de son dos arqué l'on verra la poussière
S'envoler à grands flots. Mais voici du nouveau ;
Quel est le cauchemar qui hante mon cerveau ?
Arlequin a tiré de sa batte une épée ;
Et Colombine, rose ainsi qu'une poupée,

Montre du doigt Pierrot qui la gêne. Pardi !
Son doux regard rendrait un lâche plus hardi
Qu'Alexandre lui-même. O femelle immortelle !
Malheureux le taureau que ta main blanche attelle !
Arlequin a brandi sa lame nue, et moi,
En proie à je ne sais quel indicible émoi,
J'ai vu passer la mort aux lueurs de l'épée.
Colombine sourit doucement, occupée
De rejeter sur ses épaules le flot lourd
De ses beaux cheveux d'or. O Pierrot, es-tu sourd ?
N'entends-tu pas marcher derrière toi ? Tout pâle,
Il se retourne et tombe à genoux. Oh ! quel râle
Horrible ! il ne peut pas articuler. « Ouais, ouais ! »
L'habitude a cloué sa langue à son palais.
Il ne peut pas pousser sa suprême prière !
Et l'autre, tout gonflé de rage meurtrière,
Silencieusement aussi, dans le pourpoint
Lui plante sa cruelle épée. Oh ! ne ris point,
Colombine, c'est trop infâme ! Mais la rosse
Quatre à quatre bondit sur la scène, et, féroce,
Étouffant un éclat de rire convulsif,
Entraîne son amant par un geste lascif ;
Et voilà qu'elle danse, et saute, et pirouette,
Et fait tourbillonner sa jupe sur sa tête.
Et cependant Pierrot, lamentable et glacé,
Gît sur le sol, les bras en croix : il fut percé

14

Vers le milieu du corps; et comme, sans qu'il bouge,
Sur le vêtement blanc s'étend la tache rouge,
Il a l'air d'un grand as de cœur. —

　　　　　　　　　« A l'assassin ! »
Hurlai-je, en empoignant le col de mon voisin.
« Mais, monsieur... — Ah! pardon, je dormais. »

　　　　　　　　　　O délices,
Je rêvais seulement ! Il venait des coulisses
Un éclatant reflet d'aurore, et, toute en feu,
La scène rayonnait d'or, de pourpre et de bleu.
Je voyais resplendir au sein de cette gloire
Cassandre dont le nez s'exaspérait à boire;
Arlequin, le cher homme ! avec sa batte au poing,
Dansait un petit pas exquis. N'oublions point
Que la chaste, la blonde et svelte Colombine,
Pour une heure oubliant sa mère et la débine,
Accrochait, à travers un brouillard vermillon,
Des étoiles d'or faux avec son cotillon;
Cependant que Pierrot lançait des yeux étranges
Aux gens qui le criblaient d'une grêle d'oranges,
Et, jusqu'au bout fidèle à son rôle, tordant
Sa bouche sensuelle où luisait une dent;
Aussi dévotement que l'on fait sa prière
D'un énorme jambon se frottait le derrière.

LE

CORPS SANS AME

JOYEUSETÉ MÉTAPHYSIQUE

A

ÉLÉMIR BOURGES

Nul, dans l'obscurité, n'a vu sans un frisson
Surgir messer le Diable ou la maigre Camarde ;
Il faut donc (ou le feu de saint Antoine m'arde !)
Les houspiller, dauber et berner sans façon.

La vénérable gueuse et le vieux polisson,
Je m'en vais sous le nez leur fumer ma bouffarde,
Moi que la rouge vie échauffe et qu'elle farde,
Et pour qui ma pauvre âme est moins qu'une chanson.

14.

Avant de nous loger à l'hôtel des ténèbres,
Que le serpent d'Éden et les pompes funèbres
Nous donnent quelque peu de bon temps, Élémir.

Buvons fort ; et repus, farcis comme des courges,
Hurlant du Bossuet en place de gémir,
Crevons d'une royale indigestion, Bourges.

LE CORPS SANS AME

PREMIÈRE PARTIE

« Je m'appelle Gaspard. Mais, par les dieux modernes !
Par la queue à Zola, par l'omnibus des Ternes,
Par le levain qui fait fermenter nos cerveaux,
Par la charcuterie et les romans nouveaux,
Ça me navre d'avoir un nom si romantique.
D'ailleurs, je ne suis pas d'apparence gothique.
Je suis fort bien en chair, et (modestie à part)
Je n'ai d'autre défaut que ce nom de Gaspard.
Je bâfre comme quatre et pinte comme douze ;
J'ai su porter le frac, la capote et la blouse,

Et, dans tous les états qu'on me voit embrasser,
Je trouve de quoi frire et de quoi fricasser.
Pour me peindre d'un mot, il suffira de dire
Que je n'ai jamais eu mal aux dents. Je m'admire
Quand par le vent, la pluie ou la chaleur d'été,
Je me dandine sur les quais. En vérité !
J'ai sabré bien des jours de deuil et de famine
A discuter avec mon ombre ; je chemine
Toujours du même pas que ce vieux compagnon,
Et quand, par grand hasard, je dîne chez Bignon,
Je le mène avec moi. — Mais assez de sornettes ;
J'ai voulu m'enrichir par les moyens honnêtes,
Et, dois-je l'avouer ? je n'ai pas réussi.
Quant au sale métier d'homme d'État, merci !
Je ne peux vivre en si mauvaise compagnie.
Il faut donc que je sois filou, que je renie
Mes principes d'honneur, et sois enregistré
Comme escroc, tire-laine et voleur attitré,
Ou, plus élégamment, sectateur de la brune,
Gentilhomme de l'ombre et mignon de la lune.
(Pour plus amples détails, voir Falstaff.) Et pourtant,
Comme au-dessus de moi le ciel est éclatant !
Je te déclare, ô Dieu, que tu n'as pas d'entrailles ;
Non content de m'avoir fait pauvre, tu me railles,
Et tu me mets à la torture en m'alléchant
Par ce cossu, joyeux et splendide couchant.

Les nuages, là-haut, moussent comme une crème ;
Quel plat d'œufs à la neige absolument suprême !...
Et ce coin de vert pâle ! et ce brouillard vermeil !
Ah ! si dans mon gousset palpitait le soleil,
Cette belle tocquante en or ! Comme ça brille !
Comme le ciel de soie et de satin s'habille !
Ne pourrait-il pas bien me bailler un cadeau
De cravates gris perle et de gilets vert d'eau ?
Et là-bas, les vitraux en feu de Notre-Dame !
Et la Seine qui rit dans sa gloire, et qui brame
Sous les baisers de son luxurieux amant !
(C'est toujours le soleil. Je suis étonnamment
Métaphorique.) Et tout ce merveilleux mirage
Qui va s'évanouir pour moi ! J'en ai la rage.
Ah ! mon Dieu, comme tout est mal organisé !
Je me damnerais bien pour un gigot braisé.
Autrefois, l'on gardait au moins cette ressource,
Lorsque l'on n'avait plus un liard dans sa bourse,
De troquer son salut contre un gros sac d'argent ;
L'enfer d'un bon sourire accueillait l'indigent.
Mais nous avons éteint ses redoutables flammes,
Et nous ne savons plus à qui vendre nos âmes. »

Le raisonneur se tut, réfléchit un moment,
Puis il leva la tête et reprit gravement :

« Nous suçons l'athéisme avec le lait. La terre
A voulu s'affranchir de l'antique mystère,
Et, sans penser à rien, fait ses quatre repas.
Après tout, pourquoi Dieu n'existerait-il pas?
Oui, pourquoi? car enfin... En tous cas, c'est fort triste
Que nous ne puissions pas affirmer qu'il existe ;
Car messire le Diable existerait aussi.
Que j'aimerais sentir ton odeur de roussi,
Bon diable de Satan ! Que ton œil qui flamboie
Et tes ailerons noirs me causeraient de joie,
Et si je te voyais, cher archange déchu,
Comme je baiserais ton petit pied fourchu !
Tu viendrais, tout ployé par de lourdes sacoches,
Et des louis joyeux chanteraient dans mes poches ;
Puis, je te livrerais mon âme, tu conçois...
Ah ! si par un miracle il est vrai que tu sois,
Prouve-moi sans délai ta magique puissance ;
Viens, ne fais pas poser un homme qui t'encense ;
Apporte-moi, roulés dans ton large manteau,
Deux ou trois millions ! Viens *subito-presto !*

— Bonsoir, Monsieur, dit un bizarre personnage
En touchant son chapeau. Jadis, au moyen âge,
On m'appelait souvent pour de pareils motifs.
Mais aujourd'hui les gens sont par trop positifs ;

On ne croit plus à rien, Monsieur.—C'est donc au Diable
Que j'ai l'honneur?...—Lui-même. Un siècle pitoyable!
On raille nos vieux us et coutumes. Mais bon :
Plus d'un sera chez moi fumé comme un jambon,
Qui ne s'en doute guère à présent. — Çà, mon père,
Vous êtes habillé, vraiment, comme un notaire.
— Que voulez-vous, Monsieur? vainement j'ai lutté;
Dans cet âge infernal de médiocrité,
Le Diable est devenu lui-même démocrate.
Ah! voyons votre affaire. — Eh bien! mon vieux pirate,
Je veux un paletot fait de telle façon,
Qu'il soit toujours plein d'or.—Mais, mon joli garçon,
Dit le Diable, rien n'est au monde plus facile.
Tenez, voici le mien. — Comment, vieil imbécile!
Crois-tu que je m'en vais porter cet oripeau
Qu'embaume nuit et jour la graisse de ta peau?
—Allons, mon bon Monsieur, calmez-vous.—La jaquette,
Vieux birbe, je la veux élégante et coquette ;
Je la commanderai chez un tailleur princier,
D'un vert olive, avec de beaux boutons d'acier !
— C'est dit, reprit le Diable. Allons finir l'affaire
Au café; nous boirons ensemble un petit verre.
Joli temps, n'est-ce pas? Mais vous semblez pensif?
— Moi? répondit Gaspard, je vous trouve poncif.
Au fait, depuis le temps... Eh bien! sale canaille,
Comment va le métier? — Pas trop mal; je tenaille,

J'écorche, j'écartèle : oh ! cela va très bien.
— Asseyons-nous dehors. Une absinthe, l'ancien ?
—Non, Monsieur, dit Satan ; je souffre d'un gros rhume.
Je prendrai de l'orgeat.— Fumez-vous ?— Oh ! je fume,
Vous savez, mais pour dire. — Ah çà, reprit Gaspard,
Vous êtes donc gâteux tout à fait ? Un buvard
Et des plumes, garçon. »

                    L'on causa de la pluie
Et du beau temps ; Gaspard, la face épanouie,
Faisait mille projets pour dépenser son or :
Il comptait dégotter Nabuchodonosor.
Rien ne put refroidir une âme aussi fervente ;
Il signa le papier sans ombre d'épouvante,
Et l'on convint qu'au bout de sept ans révolus,
Le Diable, s'il n'était invalide ou perclus,
Quitterait toute affaire et viendrait quérir l'âme.
« Au revoir, fit Satan, car l'Enfer me réclame.
— J'aurais bien parié que tu n'existais pas,
Dit Gaspard, allumé par l'absinthe. Eh ! là-bas,
Tu feras bien tous mes compliments à Madame.
— Mon cher, je ne suis pas en puissance de femme.
—Comment, pas marié ? Mais il est toujours temps
De mal faire. Au revoir, vieux grigou. Dans sept ans ! »

Gaspard s'amusa donc. Il mena grand tapage ;
On ne le voyait plus qu'en galant équipage,
Un sourire à la lèvre et de l'or plein les doigts.
Il fit faire chez Ström, le tailleur suédois,
Une jaquette étroite et tellement olive
Qu'elle vous emplissait la bouche de salive ;
On en aurait mangé. Dès qu'il l'eut sur le dos,
Elle devint magique : et nombre de badauds
S'émerveillaient de voir l'homme en jaquette verte
Qui battait le pavé d'un pied toujours alerte,
Et sonnait en marchant comme une cloche d'or.
Mais ils devaient ouvrir de plus grands yeux encor,
Les badauds de Paris ; car le Diabolique,
Alléguant des vapeurs, un chancre ou la colique,
Distribuait de l'or aux plus affreux voyous
Et leur disait : « Priez pour moi, mes petits poux. »

15

D'autres fois, le damné bâtissait des hospices
A l'usage des gens brûlés de *pain d'épices*.
Pas un ruissellement n'y fut jamais guéri,
Car on vous y gorgeait de rhum et de sherry.
Narguant l'autorité militaire et civile,
Un dimanche il soûla tous les sergents de ville.
O spectacle touchant ! — Pendant huit jours entiers,
Le peuple de Paris dévora des quartiers
De chevreuil, des jambons, des tripes. des bécasses !
On voyait les trottoirs tout jonchés de carcasses.
Des tables s'élevaient en plein air, et partout,
Dans Paris, ça sentait le vin et le ragoût.
On vomissait un peu : puis, prenant du courage,
On rappliquait, et l'on *tortorait* avec rage.
Ce fut une crevaille : et les gens des faubourgs,
Pleins comme des tonneaux, soûls comme des tambours,
Flamboyants et suants, n'étaient plus que des trognes ;
Et la rauque chanson d'un million d'ivrognes,
Mêlée au clapotis des *renards* sur les murs,
Attristait, chaque nuit, les cieux calmes et purs.

Quoi de plus ? il donna des bals au cimetière ;
Au théâtre il louait la salle tout entière ;
Il corrompit deux cent trois juges : mais vraiment,
C'était par trop facile. Un jour, ce garnement

Eut un joli « châlet d'utilité publique »

Pour les gens que talonne une brusque colique.

Mais les consommateurs, en place de papier,

Trouvèrent des billets de mille. Un bon troupier,

De gros messieurs, un prêtre et des femmes bien mises

Emportèrent de quoi se payer des chemises ;

Et Gaspard, violet de rire, les voyait

Sortir en rougissant et d'un air inquiet,

Fort contents d'avoir eu cette subite envie,

Horriblement φοιρευξ, mais riches pour la vie.

* * *

Et Gaspard cependant trayait toujours de l'or
De cette vache verte ! Il avait un trésor
Fourmillant et profond à donner le vertige.
Il se couchait dessus, il le baisait ; que dis-je ?
Il en avait toujours plein la bouche, à ce point
Qu'on ne sait pas comment il ne s'étouffa point.
Ainsi, par un unique et merveilleux caprice,
Il goûta les plaisirs secrets de l'avarice,
Tout en faisant pleuvoir sur le monde étonné
Les féeriques splendeurs de son luxe effréné.
Mais il serait banal d'insister. Que l'on sache
Que l'habit s'étoila de mainte grosse tache
Et qu'il ne fut jamais dégraissé. Les tailleurs
Prenaient de petits airs souriants et gouailleurs
Quand ils voyaient passer cette merveille d'homme
Avec son habit sale et devenu vert pomme,

Miroité par endroits et par d'autres roussi.

Donner cette jaquette au dégraisseur? Merci!

Elle fut décousue, elle fut déchirée,

Trouée, effilochée, et malgré tout sacrée.

Aussi Gaspard fut-il traité d'original.

Chez nous, un homme est bon à flanquer au canal,

Quand on lui fait manger cette atroce épithète.

Mais, satisfait de rire et de hocher la tête,

Se laissant insulter d'un air encourageant,

Gaspard continuait à vomir de l'argent.

Original? parbleu! — Ce gouapeur émérite

S'était dit à lui-même : « Or çà, mon âme est frite.

Ne nous occupons plus de cette catin-là.

Mon corps, c'est différent ; la vie est un gala

Où ce corps triomphant doit s'empiffrer à l'aise.

La vie! est un roastbeef bien saignant, à l'anglaise ;

Et moi, qui suis armé d'incisives, j'y mords.

Que le roastbeef s'achève, et viennent mille morts! »

Mais, tout en discourant avec cette jactance,

L'homme réfléchissait. Ce gibier de potence

Avait de la lecture et l'esprit très subtil ;

Son cas s'arrangerait tout seul, prétendait-il,

Et, fort d'un argument solide, irréfutable,

Il chantait sur les toits qu'il bernerait le Diable.

15.

Qu'on en juge. — Arriva le jour malencontreux ;
Comme l'Esprit du mal eut toujours le nez creux,
Il n'eut garde de perdre une minute, et juste
Au moment désigné, ce personnage auguste,
Propre et rasé de frais, surgit devant Gaspard.
« Hé ! hé ! je savais bien vous piger quelque part,
Lui dit-il. — Vous avez une sale manière
D'aborder vos amis. C'est donc votre tanière,
Là-dessous ? fit Gaspard. — Je vous ai dérangé ?
Mon cher Monsieur !... Vraiment, quelle cervelle j'ai !
Je suis au désespoir. — Çà, pas de comédie,
Fit le futur damné ; moi, je vous congédie,
Allez-vous-en. — Ha ! ha ! dit le pauvre Démon,
Vous voulez badiner ? Bon, voilà mon poumon
Qui recommence. Heu ! heu !.. Vous plaisantiez, j'espère ?
—Moi ? pas du tout.—Comment ! mais je suis un vrai père
Pour mes damnés. — Possible, interrompit Gaspard ;
Mais vous allez filer sans faire de chambard.
Vous pouvez, s'il vous plaît, me frustrer de mon âme ;
Mais mon corps n'ira pas avec vous. Je réclame
La liberté de vivre, et je ne veux claquer
Que le jour où je dois fatalement trinquer.
—Mais pourtant, le papier... — Le papier, triple buse,
Ne parle que de l'âme. — Oui, mais (ou je m'abuse)
Perdre l'âme et mourir, c'est le même destin.
— Mon cher, reprit Gaspard, je vous trouve enfantin ;

Le corps est périssable et l'âme est immortelle.

Le corps, vous savez bien, est une bagatelle ;

Ainsi, laissez-le moi, mon vieux. — Sacré coquin !

Si nous avions au moins un saint Thomas d'Aquin ?

Doctor Angelicus... C'est l'auteur de la *Somme*,

N'est-ce pas ? — Saint Thomas était un fameux homme,

Reprit le discoureur subtil ; mais, par le Chien !

Nous allons nous passer de lui. Suivez-moi bien :

L'âme est une substance... — Oh ! ça ! — stance divine ;

Elle est inaltérable... — Oui, parfait, je devine,

Fit le Diable ; allez droit au but. — Bon, je reprends.

Veillez-vous quelquefois au chevet des mourants ?

Vous voyez décliner leur vie ; ils sont tout pâles,

Ils poussent des sanglots convulsifs, ou des râles,

Ils s'accrochent aux draps pour ne pas s'en aller.

Et l'âme, cependant, va-t-elle chanceler ?

Non, elle est aussi pure ; elle est lucide et saine...

Vous me suivez, patron ? — Une chanson obscène,

Dit Satan, ferait mieux mon affaire. — Un moment ;

Je conclus en deux mots. Après l'enterrement,

L'homme est mort, n'est-ce pas ? mais l'âme n'est pas morte.

Ainsi, l'âme et la vie... — Eh ! φουτρε ! que m'importe ?

— Patience, *Mylord the Devil*. Je vois bien

Que vous m'alléguerez une chose... — Moi ? rien !

— Si. Vous m'alléguerez que l'âme se retire

Et qu'alors l'homme meurt. Par là, vous voulez dire

Que l'âme prête au corps la vie. Eh! bien, tenez :
Je vais vaincre d'un coup vos esprits mutinés
Contre les arguments de ma dialectique.
Quoique les animaux adorent la musique,
Vous m'accorderez bien qu'ils n'ont pas d'âme.—Allons!
Les phoques, maintenant! — Les ours, les papillons,
Les huîtres, dit Gaspard...—Les éléphants, les grues,
Dit le Diable, les rats, les cochons, les morues,
Les boas, les marsouins, les aigles, les chameaux,
Les crevettes, les chiens... Des mots, des mots, des mots!
Assez comme cela, pas vrai? — Je continue,
Fit Gaspard. Une chose authentique et connue,
C'est que les animaux naissent, pour commencer,
Vivent, et pour finir se laissent trépasser.
Et pourtant, ils n'ont pas, ceux-là, d'âme immortelle!
Un fier raisonnement, mon vieux? — Une dentelle,
Fit le Diable. — Ainsi donc, pour ne plus discourir,
Comme les animaux sont sujets à mourir,
Et (vu qu'ils n'en ont pas) ne perdent point leurs âmes,
De même tu ne peux m'emmener dans les flammes
Et me faire griller comme un cochon de lait :
Mon âme t'appartient, d'accord! mais (s'il te plaît),
La vie est mon partage et je la trouve bonne.
— Et moi, donc! fit le Diable. Allons, je te pardonne ;
Car tu m'as terrassé, mon jeune athlète. Mais
Je veux bien me donner au diable, si jamais

Je comprends un seul mot à toutes ces machines !
— Bah ! tu comprends bien mieux que tu ne t'imagines,
Dit Gaspard ; allons boire une absinthe, patron ! »

Ayant beuglé ces mots d'une voix de clairon,
Il entraîna le Diable avec lui. Cette affaire
Fut rondement bâclée. On prit un petit verre,
Et puis l'on procéda comme il suit. Il fallait
Que le Diable gobât ce joli feu follet
Qui nous fut insufflé dans nos carcasses d'hommes
Et que nous négligeons, ὁ κουίλλους que nous sommes,
L'âme, en un mot ; mais sans que le corps, l'animal,
Si cela vous plaît mieux, souffrît le moindre mal.
C'était fort délicat, mais cependant faisable.
Le Malin, le Maudit, *videlicet* le Diable,
S'approcha de Gaspard, le baisa tendrement
Sur la bouche, et lui dit : « Soufflez, » absolument
Comme une grande sœur le dit à sa cadette
En la mouchant. Gaspard s'acquitta de sa dette ;
Il chassa dans la bouche ouverte du Maudit
Une petite flamme exquise. On n'a pas dit
Que les âmes ont des nuances différentes,
Et sont, suivant le cas, épaisses, transparentes,
Courtes, longues, ainsi de suite. Réparons
Cet oubli regrettable. Or, l'âme des poltrons

Est tremblante et fort pâle ; une âme bien éprise
Brûle, en signe d'amour, jusqu'au rouge cerise ;
L'âme des noirs tyrans sera sombre comme eux ;
B. Jouvin a pour âme un lumignon fumeux ;
Une âme de poète est bleue ; une âme vierge
Luit droite et longue ainsi qu'une flamme de cierge ;
Telle autre est mauve, ou perle, et je suis convaincu
Que le jaune décore une âme de cocu.
Gaspard avait une âme assez aventureuse,
Que le hasard poussait sur une mer heureuse ;
Il est donc naturel qu'il eût pour âme un feu
Vert comme l'espérance et qui dansait un peu.

En dégustant ce feu, le Prince des Ténèbres
Facétieusement fit craquer ses vertèbres
Et se mit à cligner de l'œil. « Dieu, que c'est bon !
Dit-il. Cela vaut bien le café de Bourbon.
Et puis, c'est chaud ; ça va faire passer mon rhume.
— Jouisseur ! dit Gaspard avec quelque amertume.
— Eh bien ! reprit Satan, comment vous portez-vous ?
— Qui ? moi ? mieux que jamais. Les hommes sont-ils fous
De tant se mettre en peine à propos de leurs âmes !
Ce ne sont, après tout, que de méchantes flammes.
Quant à moi, je m'en vais lamper un gloria.
— *In excelsis Deo*, mon frère ! s'écria

Le Diable plein de verve. Au revoir, vieille branche.
— Tu m'as sauvé la vie ; à charge de revanche,
Dit Gaspard. Colle-moi du charbon sur le feu,
Et mets-moi des damnés sur le charbon. Adieu !
— Je n'y manquerai pas, mon jeune hydrocéphale ;
Et là-dessus, bonsoir ! Le Diable se cavale. »

Et, sans qu'on se doutât ni comment ni par où,
Il se fondit dans l'air en riant comme un fou.

SECONDE PARTIE

Gaspard comme autrefois se couchait de bonne heure,
Id est, au petit jour. En gagnant sa demeure,
Il vit cinq ou six fois l'aurore se lever ;
Quel zèbre vertueux ! — Enfin las de rêver
A l'emploi qu'il pourrait faire de sa fortune,
Et ne sachant comment escalader la lune,
Ce jeune homme accompli cessa de s'épuiser,
Et, du matin au soir occupé de muser,
Vécut d'une façon beaucoup moins apparente
Et comme s'il n'eût eu qu'un milliard de rente.
Seulement il portait de temps en temps la main
A sa poche en disant : « Si je voulais, demain
Paris ne serait plus qu'une flambée immense.
Les plus dignes vieillards iraient, pris de démence,

Acheter du pétrole, et grilleraient le nez
De la sainte maison dans laquelle ils sont nés. »

Un beau jour, il reçut un poulet de nature
A le combler de joie. Il vit que l'écriture
Était de son copain le Diable, et sans délai
Il déchiffra ces mots : « *De mon manche à balai,*
Au Sabbat. Cher ami, je mets ma griffe noire
A la plume, ou la plume à cette griffe — histoire
De te faire tenir un bon récépissé
En règle de ton âme. Adieu, je suis pressé. »
Et sur une autre feuille on lisait : « *Je, le Diable,*
Baron de Lucifer en Brie et connétable
Des démons, souverain des Enfers éternels,
Grand pape des damnés réels et virtuels,
Passés, présents, futurs, quelconques ou n'importe
Profitant du carême, autrement saison morte,
Je reconnais avoir reçu le mois dernier
L'âme du sieur Gaspard-Jean-Jacques Tavernier,
En nature. Signé : JULES. »

                    « Délicatesse !
Où vas-tu te nicher? dit Gaspard. Son Altesse
Fait patte de velours. Il a donc avoué
Qu'un homme l'avait mis dedans, le vieux Roué ! »

Gaspard fut assez fier de cette découverte.
Sans plus s'inquiéter du punch à flamme verte
Que le Diable s'était entonné, le viveur
Continua de vivre. Il était en faveur
Auprès de la santé, vigoureux, plein de joie,
Et fort choyé du sexe aimable, car il choie
Volontiers les gaillards de tournure et d'esprit,
Quand ils sont cousus d'or. Jamais on ne s'aigrit
Dans des conditions pareilles.

Mais les choses
Auraient pu mal tourner (hélas! tout n'est pas roses)
Si le garçon n'eût eu de la ressource. Un jour
Que sur une fenêtre il jouait du tambour,
Il se sentit toucher légèrement l'épaule.
« Que diable fais-tu là, chouette? dit le drôle.
— Je... glapit une vieille en saluant, je suis
Celle qu'on entrevoit dans ses mauvaises nuits;
Je suis la Mort, monsieur.— Mais, reprit le jeune homme,
Je me porte à ravir; regarde un peu ma pomme.
—Trop bien, reprit la Mort. Mon cher monsieur Gaspard,
L'apoplexie est là qui vous guette... Un hasard
Peut vous mettre à néant comme une pauvre mouche.
On a vu... Permettez, Monsieur, que je me mouche. »
Gaspard, quoiqu'embêté, ne lui trouva pas l'air
Terrible qu'on lui prête; elle avait le teint clair,
Les cheveux gris, poudrés avec coquetterie.

On eût dit un débris de la galanterie;

Elle fleurait un peu le rococo. Ses yeux,

Petits et très brillants, avaient l'air curieux

Que l'on voit aux enfants qui cherchent à comprendre.

Elle semblait taquine et cependant très tendre,

Un peu grivoise, avec son clignotement d'œil :

Mais de la tête aux pieds elle était toute en deuil.

« Vous faites un joli commerce, bonne vieille,

Lui dit Gaspard. Chignez, oh! je vous le conseille!

C'est vous qui violez tous les engagements.

C'est vous qui séparez les plus heureux amants;

Vous, qui frappez un homme au milieu de son œuvre,

Vous, qui décapitez le génie! O couleuvre,

Combien n'en as-tu pas mordu, qui, glorieux,

S'en allaient bravement en regardant les cieux?

Le rire et le bonheur ont froid lorsque tu passes.

Ton cortège est formé de carnassiers rapaces

Et ton infecte odeur fait pleuvoir les corbeaux.

Tu sièges, pâle Mort, sur les fronts les plus beaux;

C'est au divin soleil que ta main nous arrache,

Lorsque, dans la sueur de l'agonie, on crache

Un souffle vicié par toi, vieille guenon! »

La Mort en souriant répondit : « Oh! que non!

Oh! que nenni, monsieur Gaspard! je suis la vieille

Qui va bêchant la terre afin qu'on y sommeille.

Souffrez-vous? Je suis là, Monsieur, venez à moi.
Venez, les malheureux! Le paillasse et le roi
Pour cuver leur vinée ont mes dortoirs funèbres.
Et comme il y fait frais, dans mes bonnes ténèbres!
L'enfant mort, qui se fût sans doute déformé,
Sali, vulgarisé, que l'on eût moins aimé,
Ne vous apparaît plus que dans votre mémoire,
Et ses beaux petits yeux rayonnent de ma gloire.
Il est vêtu de blanc; croisant ses petits bras,
Il va dormir, et dit sa prière tout bas.'
Vous ne le verriez pas ainsi, mes bonnes âmes,
Si la Mort ne l'avait sacré. Voilà, mesdames.
Et puis, quand vous seriez heureux? Qu'appelez-vous
Être heureux? Travailler et suer, pauvres fous!
Vous agiter, danser, vous marteler la tête
Et vous mettre en morceaux pour donner une fête?
Allons donc! parlez-moi de la Mort, c'est plus sûr.
Tous ceux que j'ai couchés là-bas, contre le mur,
Sont guéris de la goutte et de l'humeur chagrine,
Je les berce si bien sur ma vieille poitrine
Qu'ils n'ont jamais besoin d'un plus doux oreiller,
Et que pas un d'entre eux n'a pu se réveiller! »

La vieille avait un peu d'incarnat aux pommettes.
Gaspard sentit des pleurs lui troubler les lunettes,

Et dit en embrassant la Mort : « C'est vraiment bien ! »

Mais, quand il fut remis, cet endurci païen,

Qui n'avait pas été convaincu, dit : « Ma chère,

Je crois que sous mon toit tu feras maigre chère ;

Je ne peux pas mourir, car je suis déjà mort.

— Comment ! vous êtes fou ? — J'en ai bien du remord,

Mais enfin, j'ai cessé de vivre. — Quelle blague !

— Une blague ? fit-il. Bren pour toi, je t'incague !

Suis-je donc un pignouf ? Va, ne prends pas le pli

De t'oublier chez moi, la marchande d'oubli.

On ne m'insulte pas chez moi. — Mais, bon jeune homme,

Dit la Mort en mâchant une boule de gomme,

Donnez-moi quelque preuve. — Eh ! je t'en soûlerai.

Connais-tu cette main ? C'est celle du Curé

A rebours, de l'Archange à la queue en trompette,

Du Diable, en un seul mot ! Et, je te le répète,

Je suis défunt. — Comment, comment, comment, comment

Mes besicles. Voyons la lettre. Il est charmant

Pour vous, le seigneur Diable ! — Eh bien ! ma bonne vieille,

Que dis-tu de ceci ? — Je la trouve à l'oseille,

Dit-elle en grommelant. Mais ça ne prouve rien.

— Quoi ! tu ne connais pas l'Évangile chrétien ?

Tu n'as pas lu la mort du Sauveur, bonne femme ?

J'ai rendu l'âme : eh bien ! mourir, c'est rendre l'âme.

Animam efflavit, dit le texte sacré.

Connais-tu le latin ? — Oui, mais c'est figuré.

— Figuré, vieille bête? a-t-on vu cette gaupe?
Vois-tu seulement clair avec tes yeux de taupe?
Avant que le Seigneur soufflât sur le limon,
Le limon vivait-il? Très certainement non.
Il reçut d'un seul coup son âme avec sa vie.
Donc, c'est la même chose. Or, je n'ai pas envie
De mourir plusieurs fois. J'ai rendu l'âme; ainsi
Je ne la rendrai plus. C'est clair! — Ah! bien, merci!
Si j'avais tant de mal pour mes autres pratiques...
Moi, je ne comprends rien à toutes vos boutiques;
Vivez si vous voulez, je m'en lave les mains.
Ayez donc des égards, après, pour les humains!
Bien le bonjour, Monsieur. » Et, pleine de colère,
La vieille s'éloigna.

                    « Zut! et fais-toi lanlaire,
Dit Gaspard en giguant avec une gaîté
Fébrile, pour un mort. C'est au plus entêté
Qu'appartient la victoire, et, Bouddha me pardonne!
Ma mère était un peu d'origine bretonne.
Mais comme on juge mal les gens! Voilà la Mort
A qui les écrivains ont fait le plus grand tort.
Du diable, cette Mort qu'il nous peignent altière,
Si je ne l'aurais pas prise pour ma portière! »

Comme il en était là du soliloque, il vit

La tête de la Mort, et tout le corps suivit.
Elle était radoucie et souriait. « Jeune homme,
Lui dit-elle, pardon, excuse. Voilà comme,
A mon âge, on oublie ! Ah ! c'est que, voyez-vous,
A des moments j'irais à l'hôpital des fous,
Que ce serait ma place. » Et puis, de sa voix grêle :
« Je crois que j'ai chez vous oublié mon ombrelle.
Ça remplace la faux, vous savez. — Oh ! charmant !
Lui dit Gaspard, je vous en fais mon compliment.
C'est plus utile et plus léger. — Dame, à mon âge. »
Gaspard reconduisit l'étrange personnage
Qui, d'un air à la fois modeste et familier,
Lui fit force saluts jusque dans l'escalier.

« Ouf, dit-il, me voilà délivré de la vieille.

A-t-on jamais rêvé prospérité pareille?

Pas d'enfer, pas de mort, et de l'or à pleins seaux !

Vais-je assez mépriser l'honnêteté des sots ?

Je verrai s'écouler les siècles. Quelle chance !

Je vais tirer du Temps une fière vengeance :

Moi, je ne bouge pas : lui, court. Pauvre garçon ! —

Je vais étudier le Code, de façon

A ce qu'on n'aille pas m'héberger aux galères

A perpétuité. Les lois sont presque claires ;

Je les saurai par cœur et les respecterai

— Tant qu'elles pourront nuire à Bibi. Je serai

Le monarque absolu des hommes et des choses,

Et je rayonnerai dans des apothéoses,

A cheval sur un vaste éléphant. Mieux encor :

Je ferai faire au globe une ceinture d'or ! »

Ici, le sieur Gaspard tortilla sa moustache.
Les trains les plus express vont comme une patache
Au prix de la pensée ; et d'étranges tableaux,
Des Véronèses, des Rembrandts et des Callots
Zigzaguaient sous son crâne. Après quelques secondes,
Suffisantes pour voir en esprit bien des mondes,
Il s'arrêta, lassé de rêver. Puis, avec
Une grimace fort comique, et d'un ton sec,
Il dit en avalant les trois quarts d'un blasphème
Horrible : « Vais-je assez μ'ἐμμεροδερ, tout de même ! »

GEORGES BREVAS

ou

L'HOMME-CIGARE

A

ERNEST COQUELIN

Hélas ! pauvre cabot, je t'aime sans vergogne.
Je le déclare au ciel, et même aux Philistins ;
J'aime entendre tinter tes grelots argentins,
Comme j'aime laper de vieux vin de Bourgogne.

Fais héroïquement ta honteuse besogne !
Trémousse-toi, gambade, ô frère des pantins ;
Et tâche d'amuser par tes bonds enfantins
Le plumitif grincheux qui roupille ou qui grogne.

17

A ERNEST COQUELIN.

Tu ne seras jamais sociétaire — oh! non[1]!

Tu te rendras en vain laid comme une guenon;

Moi seul, j'aime ardemment ton lugubre comique.

Je t'offre donc ces vers. Si le temps les jaunit,

Qu'importe? Je suis sûr qu'en voyant ta mimique,

Du haut des vastes cieux, Shakespeare te bénit.

1. M. Coquelin cadet, malgré ma prophétie, a été nommé sociétaire de a Comédie-Française, il y a un an ou deux.

(*Note de l'auteur.*)

GEORGES BREVAS

~~~~~~~

Parbleu ! j'étais assis auprès de mon foyer,
— Sans feu, d'ailleurs : venant de payer mon loyer,
J'avais l'esprit serein, et, libre des affaires,
Je humais — comme ça — deux ou trois petits verres
D'Eckau *double-zéro*. Ainsi donc je raclais,
Par un joli matin d'octobre, mon palais,
Tout en lisant un chaste et délicat poème
De mon ami Bourget. O volupté suprême,
De boire de beaux vers et d'en lire de bons !
Parfois je lutinais de malheureux charbons
Qui jadis avaient dû jeter des étincelles,
Mais qui, pour le quart d'heure, étaient cuits. Et des ailes

Poussaient à ma cervelle en feu, qui voyageait
Dans le pays bleu clair des rêves de Bourget.

Soudain, je tressaillis. Car un coup de sonnette
Effroyable..... « Vraiment, fis-je, il est malhonnête
De déranger ainsi les personnes. Le coup
De l'anévrisme, quoi ! »

                    Timide, à pas de loup,
Entra mon domestique, un gaillard de deux mètres,
Qui trouve le moyen de servir plusieurs maîtres ;
Car il est bon ivrogne, et laquais accompli.
Il s'inclina profondément. « Voyons ce pli,
Dis-je sans regarder mon aimable escogriffe.
Un poulet ! je ne puis reconnaître la griffe.
C'est d'un monsieur. Est-il ici ? — Oui, Monseigneur,
Dit Jean (sans sourciller, ma parole d'honneur !)
Il voudrait... — Bon, qu'il entre. »

                    Et d'un air confortable
Mettant, comme un yankee, mes guibolles sur table,
J'attendis l'inconnu, lequel avait signé :
Georges Brevas, *esquire*. Après avoir cogné,
L'homme s'introduisit ; pour moi, plein d'indolence,
Je le lorgnais dans un voluptueux silence.

C'était un gentleman aux cheveux crêpelés

Et couleur de *Birds'eye*. « Qu'est-ce que vous voulez?

Dis-je en examinant ses yeux, des yeux bizarres.

Nuance de tabac d'Espagne. — Les Cigares,

Dit cet homme olivâtre et sec, ont résolu

De m'envoyer vers vous; car vous leur avez plu.

Ayant donc endossé mon pet-en-l'air havane,

J'ai couru comme un cerf du fond de ma savane,

Et me voici. — Vraiment, c'est bien aimable à vous.

— Figurez-vous, Monsieur, que nous sommes tous fous

De poésie; et nous cultivions l'espérance

Qu'un homme de talent nous chanterait en France...

— Oh! Monsieur!... — Le tabac, reprit Georges Brevas,

Compte des détracteurs bien acharnés, hélas!

Et pourtant, quelle joie en ce monde est plus sainte,

Plus légitime, plus... Avez-vous de l'absinthe?

— Non, fis-je; mais voici du kummel excellent.

— Ne vous étonnez pas si je craque en parlant,

Continua mon noble ami; ma sécheresse

Est portée à son comble, et, pour peu qu'on me presse,

Quelque farceur pourrait s'imaginer... — Charmant!

Dis-je par politesse. — On oublie en fumant

La façon dont parfois le beau sexe nous traite.

Ainsi, je me mourais pour une Cigarette :

Blonde! une de nos plus séduisantes houris,

Vêtue élégamment de fin papier de riz.

17.

Eh bien! Monsieur, depuis que j'aimais cette fille,
Je maigrissais — c'est à la lettre! — Ma famille
Me disait : mais enfin, Georges, tu nous fais peur.
Non, tu n'exhales plus cette chaude vapeur,
Odorante, azurée... A propos, mon cher maître,
Ne soyez pas surpris ; mais je vais me permettre
De lancer fréquemment ma fumée au plafond.
— Vous me plongez, lui dis-je, en un trouble profond ;
Qu'entendez-vous par là? — C'est, dit l'Homme-Cigare,
Que mon crâne parfois s'ouvre sans crier gare ;
Il se rabat alors sur ma nuque ; et l'on voit
(De la part d'un brevas la chose se conçoit)
Jaillir de ma cervelle, à jamais allumée,
Une grêle d'éclairs et des flots de fumée!
— Bien extraordinaire! — Oh! reprit mon ami,
Vous ne me connaissez encore qu'à demi ;
Mais je vous montrerai le fond de bien des choses.
(Il est bon, le kummel.) Je déchiffre les causes,
Et je lis couramment dans tous les cœurs humains,
Si noirs, si raturés que soient ces parchemins!
— Et vos amours? — Eh bien! vous voyez ; je me porte
A ravir. A propos, ouvrez donc cette porte ;
Car, avec ma fumée, on n'y verra plus clair.
Saperlotte! on étouffe, ici. — Vous avez l'air
De craindre la fumée? insinuai-je. — Certes'
Et je ne vis qu'avec les fenêtres ouvertes.

Quand je suis en wagon, je me dis tout d'abord :
« Fumez-vous, cher Monsieur ? » Cela me gêne fort ;
Mais, étant très poli, je réponds : « A votre aise. »
Et, là-dessus, je passe à l'état de fournaise.
— Étrange ! — Mais, d'ailleurs, le tabac est divin,
Comme dit Sganarelle, et vaut mieux que le vin.
—Ah ! permettez ! criai-je.—Eh ! Monsieur, le vin soûle,
Abrutit et dégrade ; au lieu que le temps coule
Comme un fleuve enchanté, quand, le cigare au bec,
(Un bon cigare bien roulé, surtout bien sec,)
Vous ruminez un bel avenir. — Oui, lui dis-je,
Quand on a trop dîné. Mais quel nouveau prodige ?...
Eh ! vous diminuez à vue d'œil ! Seulement,
Je vois sur votre front, depuis un bon moment,
Se former et grandir une mitre de cendre...
— Parfaitement, mon cher. Vous me verrez descendre
Jusqu'à n'être pas plus bel homme que ce vieux,
Comment l'appelez-vous?—Monsieur Thiers.—Mais bien mieux !
Vous verrez tout d'un coup ma cendre fine et blanche
Neiger sur le parquet ; et voici ma revanche !
Demain (nouveau phénix) je renaîtrai, vainqueur,
De ma propre poussière ! — Ah ! vous m'allez au cœur,
Dis-je en considérant cet être sympathique.
— Il n'est que le tabac, reprit-il. L'art antique
Semble revêche, froid, ennuyeux, sans appas,
Quare? quia Græci, Monsieur, ne fumaient pas.

— Pas possible ! — Monsieur, fit-il avec un rire
Exquis, c'est comme j'ai l'honneur de vous le dire.
Le cigare, c'est l'art moderne ! C'est bien lui
Dont s'enivrent tous les poètes d'aujourd'hui ;
Lui, qui paît leur cerveau de légères fumées,
Lui, dont leurs âmes sont à jamais embaumées !
Dans ce siècle sans dieux, sans gloire et sans beauté,
Que lui resterait-il, au poète attristé,
S'il n'avait devant lui ces brumes, ces nuages
Où son cœur voit flotter d'adorables mirages ?
Va-t-il donc regarder la vie en face ? Oh ! non,
Tout est si laid, si vil, qu'il y perdrait son nom
De poète ! Monsieur, un brevas d'Amérique,
Voire un cazadorès, cet être chimérique,
Remplace en notre temps l'espérance et la foi.
Notre fumée, à nous, les cigares, à moi
Qui vous parle, Monsieur, cette noble fumée
Qui sort en tourbillons de ma tête enflammée,
Est le dernier encens que l'homme faible et vieux
Puisse faire monter encore vers les cieux !
Voyez-la s'élever, tournoyer dans la brise,
Se dorer au soleil d'automne ! Je méprise
Ceux qui ne fument pas. — Vous êtes éloquent,
Mon cher monsieur Brevas, *esquire*. — Jusqu'à quand
Jouira-t-on de nous sans nous rendre justice ?
C'est nous qui consolons de vivre ! — Il rapetisse,

Pensai-je ; il va crever sur mon beau tapis neuf
Et le gâcher. — Voyez, fit-il, ce pauvre veuf !
Où ne le réduit pas la mort d'Anastasie ?
Mais moi, j'ouvre à ses yeux les palais de l'Asie...
— Pardon, mais vous parliez des poètes ; je crois,
Lui dis-je, que Victor Hugo... — Ces hommes froids !
Celui-là n'a jamais fumé, non, malepeste !
« Grand homme si l'on veut, » vous connaissez le reste.
— Cependant, hasardai-je, il fait d'assez beaux vers.
— Mais il n'a jamais mis sa casaque à l'envers !
Mais rien ne lui bat plus sous le pectoral gauche !
J'aurais voulu qu'il fît quelque horrible débauche,
Qu'il poussât ce grand cri du cœur que nous aimons,
Et qui vient d'autre part, tudieu ! que des poumons.
— Assez, dis-je à Brevas ; j'ai le respect des maîtres.
— Voyez, mon cher Monsieur, voyez ces pauvres êtres ;
Ce bohème sans pain, sans cravate et sans feu.
Que lui restera-t-il ? sa bouffarde ! C'est peu ;
Mais il n'est pas forcé d'entretenir des grues...
Il vous ramassera des *mégots* par les rues ;
Et bientôt il les hache avec soin. Brave cœur !
Il met tout dans sa pipe... — Un verre de liqueur ?
— Non, merci. Dans sa pipe... Et sa dernière amie,
L'Espérance, au fin fond de son cœur endormie,
S'éveille en reniflant la fumée... — Oui, le coup
De la larme, à présent. — On se trompe beaucoup,

Quand on dit le tabac inutile. — Messire,
Dis-je (car je couvais ma pensée), et Shakespeare?
C'était un fort grand homme et qui ne fumait point. »
Mais l'honnête Brevas, ayant trouvé le joint,
D'un ton qui ne pouvait admettre de réplique :
« Qu'en savez-vous? » dit-il. Et puis, mélancolique :
« C'est surtout quand je pense aux pauvres malheureux
Qui, dès leur tendre enfance, ont toujours vu contre eux
S'acharner les rigueurs du sort; qui sont nés riches,
Ayant tous les honneurs avec toutes les fiches
De consolation ; beaux, bien faits, bien portants;
Fortunés en amour; n'ayant pas mal aux dents;
Pas un cheveu dans leur existence; — ah! la rage
Doit les mordre à la fin! Pas un seul jour d'orage :
Toujours le beau ciel bleu, le stupide ciel bleu!
Des fleurs! des fleurs! des fleurs! Non, pas un seul cheveu...
— Vous l'avez déjà dit, ça. — Ces malheureux hommes
S'étrangleraient d'ennui; mais c'est là que nous sommes
Les vrais consolateurs du genre humain! Voyez
Ce baron richissime; il allonge les pieds
Sur une chaise, et bâille. Il gémit, il s'étire;
Pauvre homme à millions! sa vie est un martyre.
Mais j'arrive; je vais doucement me placer
Auprès de son oreille; il n'a qu'à me froisser,
Je fais un craquement guilleret qui l'amuse;
Il me met sur sa lèvre, et moi, pétri de ruse,

Tout comme par hasard, je tombe sur un tas
D'allumettes Nilsson : il voit, étend le bras,
En frotte une, me met de nouveau dans sa bouche,
Et m'allume. Il me sent à peine. Je le touche
Si délicatement! Par mainte pression,
Je l'invite à fumer : et, soit distraction,
Soit désir curieux, il tire enfin. Quel rêve!
Une mince fumée en filets bleus s'élève.
L'homme trouve à la vie un goût vraiment nouveau ;
Il s'aperçoit enfin qu'il possède un cerveau ;
Il tire, il tire encor, car, à chaque bouffée,
Il voit au sein de l'air s'ébaucher une fée.
La fumée à présent se déroule à grands flots ;
Et mille visions, mille éclatants tableaux
Se succèdent... — Fort bien, dis-je à l'Homme-Cigare ;
Si vous savez un peu pincer de la guitare,
Rimer des vers d'album, danser le boléro,
Présenter avec grâce une aile de perdreau,
Retirer des pruneaux d'un bol de punch qui flambe,
Indiquer un choral sur la viole de gambe,
Simuler entre amis toute sorte de pets
Et, dans l'ordre, nommer les cent treize Capets,
Vous êtes accompli. Mais ceci m'exaspère :
Bien que vous rabattiez votre crâne en arrière
Pour lancer la fumée en tourbillons épais,
Votre cendre est intacte et ne tombe jamais!

Comment diable... — Monsieur, c'est un secret. Mais vite :
J'aurai bientôt fini de brûler ; tout m'invite
A conclure en deux mots mon sobre plaidoyer.
Ne m'interrompez pas. L'on devrait nous choyer,
Nous qui d'un lycéen morveux faisons un homme !
Ah ! vous rappelez-vous vos quatorze ans, et comme
Aveuglé, suffoqué, domptant les haut-le-cœur,
Vous mâchiez les *coyoutados* d'un air vainqueur !
— Oui, c'est vrai, je soufflais comme un phoque, lui dis-je.
— Monsieur, n'alliez-vous pas griller une *sibige*
Aux lieux pendant la classe ? et, jeune homme imprudent,
N'aviez-vous pas un fier orgueil en regardant
Vos doigts jaunis ?... »

           Soudain, un tas de cendre fine
Saupoudra mon tapis d'Alger. Bonté divine !
A quoi diable pensais-je ? Inutile, ma foi,
De dire que Brevas avait filé ; mais moi,
Je bavais doucement, comme un gâteux. A terre,
Le poème gisait ; la source du mystère,
La bouteille d'Eckau, puisqu'il faut parler franc,
N'avait plus une goutte à boire dans son flanc ;
Et ma chambre, témoin de ces scènes bizarres,
Était pleine de cendre et de bouts de cigares.

LE CHASSÉ-CROISÉ

HISTOIRE DE QUATRE JEUNES MARIÉS

18

A

JOSEPH-FÉLIX BOUCHOR

Dans ce siècle canaille où trônent des valets,
Toi seul mériterais d'avoir encor des pages,
Et d'entrer, au fracas d'insolents équipages,
Dans quelque flamboyant et féerique palais.

Je ne peux te donner que ces vers : reçois-les,
Et dis-m'en ton avis, tout net et sans ambages.
Si mon livre t'assomme, arraches-en les pages,
Allume ton cigare avec, et fume en paix.

A JOSEPH-FÉLIX BOUCHOR.

C'est pure vanité que d'écrire des contes.

Si la gloire nous vient, la gloire a ses mécomptes,

Et combien ont peiné, qui crèvent sans honneur!

Cher frère, ton destin est plus digne d'envie.

Car tu ne sais rien faire : et tel est ton bonheur

Que tu ne t'es jamais ennuyé de la vie.

Mai 1877.

II

Mais qui ne change pas? Après t'avoir vanté
Pour ta paresse, il faut que je me décarcasse
Et te rime en sonnet quelque autre dédicace,
Puisque tu ne veux plus du bon farniente.

Ainsi, te voilà peintre! et l'immortalité
T'a séduit. — Dénoûment que je trouve cocasse;
Mais si dans ton sommeil la Beauté te tracasse,
Souffre, et fais pour le mieux! le sort en est jeté.

18.

A JOSEPH-FÉLIX BOUCHOR.

Tu sais que l'Art nous soûle, et comme l'on titube
En ses âpres chemins... Mais va, presse ton tube,
Fais-en gicler du rose ou le vermillon pur.

Notre nom n'est point fait pour l'éternité noire,
Frère ; et ce serait bien le diable, sois-en sûr,
Si pas un de nous deux ne violait la Gloire.

Septembre 1878.

LE CHASSÉ-CROISÉ

I

Lestrade était devant sa toile, et peignait ferme.
Cet artiste payait de temps en temps son terme,
Et portait des habits convenables : toujours,
Ne s'affublait-il pas d'un veston de velours.
Vrai méridional, sang brûlé, tête chaude,
Il brossait à la diable, et le vert émeraude,
Les laques, le cobalt, l'arc-en-ciel tout entier,
Barbouillaient sa palette. Habile en son métier,
Il gagnait assez d'or pour gaver des sacoches ;
Quand ce volage oiseau s'envolait de ses poches,

Il vous les retournait d'un air désappointé,
Et puis se remettait à l'ouvrage. L'été,
Il allait dégotter, par là, des paysages.
Il mangeait et buvait. Ainsi, feu les sept sages
Revivaient en cet homme allègre et positif
Qui pouvait bien y voir aussi loin que son pif.

Ce jour-là, cependant, le peintre était maussade.
Avait-il bu, la veille, une large rasade ?
Avait-il (pour parler l'argot) mal aux cheveux ?
Point. Lestrade souffrait ; et son pinceau nerveux
Balayait vainement sa toile de deux mètres :
L'esprit, s'étant coulé dehors par les fenêtres,
Galopait loin de l'art. Aussi notre étourdi,
Qui s'impatientait en homme du Midi,
Engueula son tableau : « Tiens, toi, tu me dégoûtes !
Je m'échine après toi, je sue à grosses gouttes,
Et tu n'avances pas d'une ligne ! mon vieux,
Tu te feras crever la toile. » Et, furieux,
Il lui tourna le dos.

           Mais comme notre artiste
Se promenait de long en large d'un air triste,
On frappa. « Vingt-cinq κυλς ! s'écria-t-il, entrez !
Ah ! c'est toi, Vrignemeuse ? Oh ! ces yeux effarés !

Qu'as-tu, mon pauvre chou? Mais, le diable m'enlève,

Ai-je donc la berlue, ou si c'est que je rêve?

En habit! — Mon très cher, dit l'autre (un beau garçon

A l'air intelligent, et mis d'une façon

A donner le vertige aux gommeux ordinaires),

Je viens de faire un four puissant. — Mille tonnerres!

Tu vas me conter ça; mais prête-moi du feu.

Je suis, depuis huit jours, mélancolique un peu;

Ça me fera plaisir de voir un pauvre diable

Dans le marasme autant que moi. — C'est charitable,

Dit le beau Vrignemeuse; et d'abord, tu sauras

(Et ce disant, il prit Lestrade par le bras

Comme un homme qui va risquer des confidences)

Que j'ai passé l'hiver en bals, fêtes et danses.

— Quoi! tu vas dans le monde? — Oui; ne m'interromps pas.

Fort maigre passe-temps que d'esquisser des pas!

Diras tu. Mais, mon cher, la fille de Desrues,

Tu sais bien, ce vieux peintre aux manières bourrues,

A trouvé le secret de me plaire, et je veux

(Attention! voici la valse des aveux)

En faire... sais-tu quoi? ma femme! — Je t'admire!

Éjacula le peintre en s'esclaffant de rire.

Mais tu railles. — Non pas, mon cher. La preuve en est

Que j'ai fait ma démarche aujourd'hui. Le benêt

De peintre... — Halte-là! je défends qu'on le *jette*;

C'est, tu peux bien m'en croire, une riche palette.

Il peint *dans le sens*, quoi ! — Tout ce que tu voudras ;
Mais je suis par son fait dans de fort mauvais draps.
Car sa fille me coiffe absolument ; j'en rêve ;
Et d'ici quelque temps, il faut que je l'enlève.
— Et son nom ? — Henriette. Elle est douce, mon cher,
Comme un petit agneau. Et de plus, une chair
Délicate, idéale enfin. C'est quelque chose
Comme... si tu veux, comme un pétale de rose
Que l'on aurait trempé dans le lait le plus pur.
— Et pourquoi le vieil ours s'est-il montré si dur ?
— Parce que, m'a-t-il dit, je ne suis pas artiste.
J'ai la raie au milieu ; je porte une améthyste
Énorme au petit doigt ; bref, je suis un gommeux.
Mais, ai-je répondu, je vous trouve fameux !
Vous me bêchez depuis une heure, et ça m'indigne.
Premièrement, je suis un flûtiste hors ligne ;
Je fus étourdissant sur le thème latin ;
Et je lis mon Flaubert, Monsieur, chaque matin.
Ah ! ouiche ! autant chanter. Une rogue nature !
Ça ne connaît ni Bach ni la littérature.
Comme sensiblement je perdais du terrain,
J'essayai d'attendrir ce beau-père d'airain
En disant que j'avais, ma foi, de belles rentes.
Ces choses-là, fit-il, me sont indifférentes.
Vraiment, qu'aurais-tu dit à ma place ? Soudain,
Je crois avoir trouvé ! D'un petit air badin :

Votre fille, lui dis-je, au moins sera comtesse
En m'épousant. Mais lui : Fi ! quelle petitesse !
Nous sommes tous égaux, jeune homme. (Ce faquin
Ne se permet-il pas d'être républicain ?)
Si bien que me voilà désespéré. »

                    Lestrade

Ne soufflait mot. « Eh bien ! ô mon vieux camarade,
S'écria-t-il enfin, commande ton linceul.
Comme je ne veux pas te laisser mourir seul,
Tu pourras m'en prêter la moitié. — Ça veut dire ?...
— Que je suis un goujon mûr pour la poêle à frire.
En termes familiers, me voilà dans ton cas.
Comment nous soupçonner des cœurs si délicats ?
Oh ! moi, je m'amusais comme une simple brute ;
Et quand on me parlait du mariage : flûte !
Disais-je ; à mon avis, ce joug est trop étroit ;
Et j'aimerais autant me nourrir de veau froid
Que d'aller tous les jours avec la même femme.
Que de ruses, mon cher, le sexe faible trame !
Il en faut bien rabattre, et je me donnerais
Au diantre pour pouvoir... Inutiles regrets !
Puisque je n'aurai pas ma Juana chérie.
— Juana ? — C'est son nom. — Quelle bizarrerie !
Et d'où sort-elle ? — Oh ! ça, vois-tu, c'est le chiendent.
Son père est un bourgeois fort riche. — Outrecuidant !

Observa Vrignemeuse. Et le *doron* se nomme?...
— Deveux. La coqueluche étrangle ce gros homme !
Autrefois je polkais à tous ses *baluchons ;*
Mais les bourgeois, vois-tu, ne sont que des cochons.
Il m'avait acheté plusieurs tableaux. Au reste,
Voici tout mon roman. Mercredi (jour funeste !)
Je vais chez mon beau-père. Ah ! vous voilà, fait-il ;
Enchanté de vous voir. Moi, je cherchais le fil
De mon discours. Monsieur... Ah ! çà, mon cher artiste,
Interrompt mon oiseau, quoi de neuf? Moi, j'insiste :
Monsieur, je suis venu... tu devines. Mais lui,
Je vois se rembrunir son front. C'est aujourd'hui
Jour d'affaires, dit-il ; remettons votre histoire.
Mais comme j'appuyais ma demande : La gloire
Ne suffit-elle pas à des gens comme vous?
Que m'a-t-il dit encor? Les artistes sont fous,
On peut changer d'avis, on se monte la tête,
Puis on se mord les doigts lorsque la noce est faite ;
Il n'est pas qu'une femme au monde, et cœtera.
Et d'ailleurs, manque-t-il des filles d'opéra?
J'étais si jeune ! Et moi, je me rongeais les pouces :
Mes moustaches, mon cher, devenaient toutes rousses.
Pendant tout ce temps-là muet comme un poisson,
J'attends qu'il ait sifflé sa stupide chanson ;
Alors, apostrophant ce père de famille :
Mais, tonnerre de Dieu ! si je l'aime, ta fille,

Espèce de bourgeois ridicule ! Tableau.
Comment me retirer de ce pétrin nouveau ?
Il fallait m'en aller. L'autre, d'un air de glace,
Me dit très lentement et sans bouger de place :
Au plaisir, cher Monsieur. Moi, j'étais sur le pal ;
Aussi, quand j'entends ça, je saisis mon chapal,
Et, comme j'aime peu les positions fausses,
Je salue humblement et je tire mes chausses. »

Vrignemeuse de rire. « O fortune, dit-il,
Que ta méchanceté sait prendre un tour subtil !
Nous voilà tous les deux en proie. Adieu la vie,
La débauche, le vin, les gueuses ! Quelque envie
Me travaille d'aller batifoler sous l'eau.
— Que dis-tu de revoir madame de Milo ?
Fait le peintre. Son torse est solide, que diantre !
Et ça nous remettrait un peu de tripe au ventre.
— Non, laisse-moi gémir. — Non, ne gémissons pas.
Allons faire, *en sondeurs*, un copieux repas,
Et machinons des trucs ingénieux. — Mon frère,
Dit Vrignemeuse, au moins, dans ce destin contraire.
Juana t'aime-t-elle ? — Eh ! oui, de tout son cœur.
Et la tienne ? — Je vins, je vis et fus vainqueur.
— Bon, c'est le principal. Allons dîner, ma vieille ;
Il n'est point de Mentor qui vaille une bouteille. »

19

II

Deux noces à la fois ! Mais pas des noces d'or :
Car les deux mariés sont tout jeunes encor,
Et, dans le satin blanc de leurs robes glacées,
Quoi de frais, de charmant comme ces fiancées ?
C'est à Saint-Roch ; il fait assez sombre, et, là-bas,
Quelque mystérieux Brayer qu'on ne voit pas
Exprime sur la foule un filet d'harmonie.
Le public, somnolent et rêveur, s'ingénie
A comprendre pourquoi cet organiste fou
Nasille lentement un vieux air de biniou ;
Un air breton, suave et très mélancolique. —
La messe va son train, chuchote et se complique
D'une allocution du curé : bon vieillard,
Comme tu perds ton temps ! Mais enfin, tard, très tard,
On s'en va mariés, contents...

O Vrignemeuse,
O Lestrade, comment avez-vous fait ? Fameuse
Invention ! Mais c'est bien simple. Ce jour-là,
Quand on fut mariés dûment, on s'en alla
Chiquer du poulet froid ; mais voyez la merveille !
Ce Vrignemeuse qui, la veille ou l'avant-veille,
Adorait Henriette, a brusquement viré ;
Le voici, par-devant le maire et le curé,
L'époux de Juana ! — Quant à Pierre Lestrade,
En apparence au moins guéri de sa toquade,
Il s'improvise époux d'Henriette à son tour...

Mystère inexplicable ! ont-ils changé d'amour ?
Non pas ; mais le bourgeois, c'est facile à comprendre,
Sera flatté d'avoir Vrignemeuse pour gendre ;
Le vieux peintre enragé qui n'aime que son art
Accordera sa fille à Lestrade... En renard
Consommé, notre artiste a combiné la chose.
Une fois mariés, parbleu, la porte close !
Feu Charbonnier était bien le maître chez lui !
Il va donc courtiser Henriette aujourd'hui,
Cette Henriette étant sa côte légitime :
Mais demain, ou plus tard, dans quelque endroit intime
Il tiendra Juana dans ses bras ! Voilà tout.
La substitution est d'assez mauvais goût ;

Mais zut ! deux *fanandels* peuvent changer de femmes
Sans qu'ils aillent croiser stupidement leurs lames !
Puis, chacun croquerait la femme du voisin
Et ne toucherait pas à son propre raisin ;
Rien d'immoral, j'espère.

                       Et, direz-vous, les femmes ?
Comment habituer leurs délicates âmes
A des combinaisons pareilles ? Juana,
Qui grillait de ne plus être fille, donna
Dans le complot sans faire aucune simagrée ;
Henriette n'était nullement délurée :
Ce fut sa pureté qui trouva naturel
Que par quelque moyen elle arrivât au ciel ;
Le ciel, c'est Vrignemeuse. En un mot, la timide
Et simple jeune fille aimait.

III

                    Quel jour humide
Qu'un jour de mariage ! Oh ! quels gémissements
De la nuque aux talons ébranlent les mamans !
Le père d'Henriette, au moins, le vieux Desrues,
A bu comme un cocher, et vague par les rues ;
La mère fond en pleurs, comme c'est son devoir.
Mais le moment terrible est arrivé. « Bonsoir,
Ma mère. — *Adieu, eu, eu*, ma fille bien-aimée ! »
Et cette pauvre mère en tombe inanimée
Sur le tapis. Pendant qu'on l'emporte, — fardeau
Peu commun, je vous jure, — et qu'on l'asperge d'eau,
Les mariés se sont verrouillés dans leur chambre.
Longue comme la nuit du vingt-quatre décembre
Sera cette nuit-là ! Chacun dans son fauteuil
S'installe pour le mieux. « Hum ! hum ! » Du coin de l'œil,

                              19.

Lestrade, qui n'a rien à faire et qui s'embête,
Lorgne sa jeune femme. « O la mignonne tête !
Vrignemeuse a dit vrai : la palette n'a point
De nuance qui soit délicate à ce point.
Ce Vrignemeuse est un heureux coquin.

                            « Onze heures.
Petite Juana, peut-être que tu pleures,
En ce moment ! Mais va, nous nous retrouverons.
Je crois que les témoins étaient à moitié *ronds*,
Au souper. Je suis sûr qu'à présent Vrignemeuse
Cause avec Juana. — Cette lampe est fumeuse. —
Moi, je ne trouve rien à dire à cette enfant !
Puisse-t-elle dormir. S'endormir en rêvant
Qu'elle est à mon ami ! Décidément, cet homme
Est un heureux coquin.

                        « Ah ! la demie. En somme,
C'est ma femme. Tais-toi, Lestrade. Suis-je fou ?
Je sens je ne sais quoi qui me serre le cou :
Je souffre. Je ne puis chasser cette pensée.
Dieu ! la fâcheuse nuit que nous aurons passée !

« Minuit. Je sens de doux et fugitifs parfums.
Je t'aime, Juana. De si beaux cheveux bruns !

Mais Henriette est blonde. Oh! les blondes! Stupide
Animal que je fais : la brune est insipide.
Dire que j'aurais pu ne pas faire la cour...
Ah! chose d'ours! voilà que je connais l'amour! »

Lestrade, épouvanté de lui-même, s'arrête.
Il ne veut plus penser. Il renverse la tête,
Et tâche de dormir. Angoisse! Il ne sait plus
S'il aime ou n'aime pas Juana. Superflus,
Tous ces cruels combats qui déchirent son âme!
Il sent courir l'amour dans ses veines en flamme.
Il est tout au désir; sa femme, il veut l'avoir,
Que ce soit juste ou non, tout de suite.

                                              Savoir
Ce qu'elle répondra? — Mais après tout, qu'importe?
Ils sont là tous les deux : est-elle la plus forte?
Mais elle appellera. Quoi! contre son mari?
Cela serait plaisant, et Lestrade a souri.
Donc il se lève, et dit, d'une voix étranglée :
« Madame, je vous aime. » Henriette, affolée,
Fixe sur lui des yeux dilatés par la peur.
« Vous vous moquez, Monsieur. » Mais l'horrible pâleur
De son mari l'effraie. « Allons, dit-il, ma chère,
Notre conduite à tous fut joliment légère;

Mais puisque nous voici mariés, j'entends bien
L'être en réalité. Compteriez-vous pour rien
La bénédiction du prêtre? — J'aime un homme,
Dit-elle, et celui-là n'est pas vous. Je vous somme
De tenir un serment sacré. — Foin du serment!
Sachez que je vous aime, et je veux être amant;
Car ce titre d'époux est par trop peu de chose.
Un baiser? — Osez-vous me toucher? — Si je l'ose!
— Taisez-vous, ou j'appelle. — Oh! le piètre moyen!
Votre mère fera la sourde oreille; ou bien
Viendra catéchiser une fille innocente
Et lui commandera de m'être complaisante!
— Mais que voulez-vous donc?—C'est toi, ce que je veux,
Je veux te prendre ainsi, vois-tu, par les cheveux;
De force t'embrasser sur ta mignonne bouche :
Tu vois que je le fais. O la belle farouche!
Je t'ai dit de ne pas crier. — Non, laissez-moi.
Ah! que je vous méprise! — Et que je t'aime, toi!
Tiens, ce lit nous appelle. O mon cœur, que je t'aime!
Si tu veux, ce sera pour moi la nuit suprême.
Je me tuerai demain matin. — Mais tout d'abord,
Je vais me tuer, moi. — Par exemple! la mort
N'est pas faite pour toi, mignonne. Je te garde
En étreignant ton corps entre mes bras : regarde.
Je ne te lâche pas, que mes baisers de feu
Ne t'aient toute brûlée.—Hélas! mon Dieu! mon Dieu! »

Le lendemain matin, ces mariés bizarres,
Car de semblables nuits sont, je pense, assez rares,
S'éveillèrent tous deux dans le lit nuptial.
Henriette était pâle et souffrait d'un grand mal
De tête; non sans cause : et son seigneur et maître
S'arrachait les cheveux et sanglotait. Pauvre être!

L'autre couple fut sage. Au reste, je crois bien
Que Lestrade avait bu sans mesure. Mais rien
D'inconvenant, ici : tout d'abord, Vrignemeuse
Était très renommé parmi la gent gommeuse
Pour son air gentilhomme et ses belles façons.
Il avait de l'honneur, à ce que nous pensons,
Et n'était pas assez plongé dans la crapule
Pour ainsi violer sa femme sans scrupule.
On prit du thé. Le thé, c'est excellent! surtout
Avec un peu de rhum. Vrignemeuse, debout,
Se mit tout bonnement devant la cheminée
Et causa de la pluie et du grésil. L'année
S'annonçait assez mal. Pourtant, d'aiguille en fil
Et de fil en aiguille, on devint plus subtil ;
On parla de ses goûts; on raconta sa vie;
La conversation ne fut jamais suivie,

Mais sauta d'une branche à l'autre : un écureuil !
La brune Juana ne manquait pas d'orgueil ;
Comtesse ! elle l'était, après tout. Le jeune homme,
A proprement parler, n'avait rien de la *gomme ;*
Seulement, il était élégant, distingué,
Une fine moustache et l'air ouvert et gai.
Elle avait de l'esprit, Juana ; fort piquante,
Elle grisait le cœur comme un vin d'Alicante ;
Et, bien qu'elle ne vînt d'aucun Guadalquivir,
Son doux nom espagnol lui seyait à ravir.

Or, pendant cette nuit, j'estime que la belle
Envisagea son sort d'une façon nouvelle ;
Un peintre, c'est fort bien : mais ses instincts bourgeois
Faisaient du jeune comte un mari de son choix.
Elle prisait la grâce et la délicatesse.
Bref, à force de tact et d'esprit, la comtesse
Effaça quelque peu du cœur de son époux
L'image d'Henriette. Et voilà de tes coups,
O destin ! Quand le jour parut, la jeune femme
Poussa de grands soupirs ; et, regardant Madame,
Vrignemeuse pensait : « Et moi, l'homme au nez fin,
Qui choisis l'églantine et pas la rose... Enfin ! »

V

Mais comment débrouiller ces fils inextricables ?
Les débrouiller, non pas ; mais les plus rudes câbles,
Fussent-ils mieux serrés que le nœud gordien,
Sont tranchés par la faux du Temps ; elle vaut bien
Le sabre d'Alexandre. (Ouf !)

                On fit un voyage ;
Le voyage obligé. Quelque endroit bien sauvage
Devait flatter l'humeur de Lestrade ; il alla
Dans un trou de Bretagne, avec la mer : et là
Il fit rageusement de superbes marines.
Quand le vent âpre et frais lui gonflait les narines,
Il respirait à l'aise ; et, recueilli devant
Son modèle toujours murmurant et mouvant,
Il sculptait sur sa toile un tourbillon de vagues.
Le soir, il revenait pensif et les yeux vagues,

Et parlait doucement à sa femme. Depuis
La fameuse aventure, il consumait ses nuits
A lire, à travailler, tout seul. Plein de tristesse,
Il n'osait plus lever les yeux sur sa maîtresse,
Sa femme ; sans rien dire, il l'aimait. « Un beau jour,
Pensait-il, mon ami saura mon vilain tour ;
Alors nous nous battrons : il choisira l'épée :
Je tendrai la poitrine, et ma belle équipée
Sera payée ; ainsi, n'y pensons plus. »

                                        Pour lui,
Vrignemeuse, emmenant sa femme, il avait fui
Vers le ciel presque noir de la chaude Provence :
« Car en nous éloignant, avait-il dit, je pense
Que l'on ne saura rien de notre histoire. Puis,
Après avoir passé plusieurs mois enfouis
Loin de la rue Auber et des langues méchantes,
Nous nous retrouverons. Effusions touchantes !
Et, sans manquer en rien au véritable honneur,
Nous nous cocufierons l'un l'autre avec bonheur. »

VI

Mais le temps s'écoulait. Ces quatre personnages
Constituaient vraiment deux singuliers ménages.
Une habitude lente et tranquille unissait
Henriette à Lestrade. Et puis, mon Dieu, qui sait?
N'est-ce pas un moyen qu'une femme vous aime
Que de se montrer fort contre elle? brutal, même?

Henriette attendait une lettre; mais rien.
Amolli par un ciel chaud, presque italien,
Vrignemeuse vivait au jour le jour. Écrire!
Il y consentait bien, mais qu'aurait-il pu dire?
Qu'il trouvait Juana charmante? Juana
Raillait sa négligence. Enfin il griffonna
Une missive froide et très spirituelle.
Henriette pleura. Cette lettre cruelle

Accusait un frivole et faible cœur. Un mois,
Changer un homme ainsi! Se prenant quelquefois
A songer, Henriette arrivait à se dire
Que Vrignemeuse avait certain petit sourire
Outrecuidant et fat; mais au contraire, lui,
Lestrade, quel regard profond, chargé d'ennui!
Comme son repentir était touchant! Sa vie,
La chimère de l'art sans cesse poursuivie,
L'immense effort devant la nature... Ah! bien peu
S'en fallait à présent — l'épaisseur d'un cheveu —
Qu'elle ne pardonnât l'outrage, et, vraiment mère,
Payât par un baiser tant de tristesse amère!
Le devoir l'arrêtait.

        Vrignemeuse, un beau jour,
Comme il se fatiguait de tant faire la cour
A sa femme, et cela sans aucune espérance,
Écrivit à Lestrade, et dit tout. Quelle transe,
Tandis qu'il attendait la réponse! « Pour sûr,
Il s'en va me jeter au nez quelque mot dur!
Déloyal! infidèle! »

        Aussi, quelle surprise!
Le peintre répondait : « Cher, puisque tu l'as prise,
Garde-la : c'est ta femme. Au fait, de mon côté,
(Il faut en faire gloire à la fatalité)

Je n'aime plus du tout Juana. Mais, mon frère,
Je n'ai pas comme toi ce beau secret de plaire ;
Henriette m'abhorre, et je l'aime. Plains-moi.
Je te donne ta femme et je te rends ta foi. »

VII

Pendant que Vrignemeuse, enfin maître de l'ange
Adoré, jouissait d'un bonheur sans mélange,
L'autre *se faisait vieux*. Il n'avait point parlé
De sa lettre, craignant le regard désolé
De sa chère Henriette. Elle, ainsi délaissée!
Lestrade, en cœur aimant, souffrait à la pensée
Qu'il la verrait souffrir de ce brusque abandon.

Lui-même n'eût jamais demandé son pardon;
Mais il lui vint tout seul. Un matin, son aimée
L'aborda, très confuse et la face animée.
« Il faut vous pardonner, dit-elle; j'ai senti
Une douleur en moi... » Lestrade anéanti
La regardait : « Je veux reprendre ma parole;
Je ne peux être à lui, maintenant. — Elle est folle,

Se dit le peinfre. — Au reste, il s'en consolera ;
Peut-être qu'après tout sa femme lui plaira.

— Qui ? Vrignemeuse ? dit Lestrade. — Oui, lui-même.

— Il ne vous aime plus ; c'est Juana qu'il aime.

— Alors, dit Henriette, acceptez mon pardon.

— Je deviens fou, dit-il ; mais vous m'exécrez ! — Non.

— Mais vous ne pouvez pas m'aimer ! je suis un traître !
Pourquoi souriez-vous ? Cela ne peut pas être.

— Il faut bien vous aimer, puisque bon gré, mal gré...
Enfin, je serai mère. — Oh ! que je t'aimerai ! »

VIII

Les deux couples menaient une douce existence.
On s'aimait d'un amour délicieux, intense,
Et trempé par l'épreuve. On avait cependant
Quelque honte secrète, et l'on trouva prudent
De s'en aller camper, les Vrignemeuse au diable,
Les Lestrade plus loin encor. Mais l'incroyable
Est que les deux amis, par un caprice fou,
Allèrent habiter le même petit trou ;
Et, s'étant rencontrés un matin sur la plage,
Ils jetèrent un cri. « Dans cet affreux village !
Toi ! — Moi-même. Et toi donc, que fais-tu dans ce lieu ?
— Je viens peindre la mer et le ciel. Pas très bleu,
Le ciel ; mais ça me plaît. »

                     On causa de cent choses.
Tous deux avaient subi bien des métamorphoses ;

Après tout, ils s'aimaient, et furent très contents
D'évoquer, en prenant l'absinthe, leurs vingt ans.
Lorsque l'on fut lancé : « Mon cher ami, mon frère,
Dit Lestrade en jetant sa cigarette à terre,
Tu vas être parrain. — *Déjà?* — Comme tu dis.
— Et ton ménage est-il heureux? — Le Paradis.
— Je vois avec plaisir que nous faisons la paire.
Ah! qui nous eût prédit un état si prospère?
— Ne philosophons pas, dit Lestrade ; plutôt,
Allons nous présenter à nos femmes. »

                                   Le mot
N'était pas mal trouvé. L'on sortit. « Vieille branche, »
Dit Vrignemeuse avec sa belle gaîté franche
Qui relevait chez lui les mots les plus grossiers,
« Nous vivons, sacrebleu! comme des épiciers.
Nous ne changerions pas de femme pour le monde!
Et cependant, après la brune, vient la blonde.
Hein? si l'on essayait? » Mais Lestrade : « Plus tard...
Et nous nous offrirons l'un à l'autre un moutard. »

JEAN DE PATMOS A L'ACADÉMIE

CREVAILLE APOCALYPTIQUE

A

CAMILLE SAUPHAR

Sauphar, bien plus connu sous le nom de Soiffard,
De joyeux souvenirs ma mémoire fourmille ;
Nous nous sommes grisés souvent, sous la charmille
De quelque restaurant d'un lointain boulevard.

Nous restions là, pareils à du papier buvard,
Séchant litre sur litre et causant en famille ;
Et nous nous en allions le soir, mon cher Camille,
Ayant sur nos museaux une couche de fard.

Une nuit de débauche, où la Côte-Rôtie
Et d'autres vins puissants étaient de la partie,
Vous perdîtes, je crois, votre meilleur lorgnon.

Pour qu'un si grand malheur ne puisse vous abattre,
Permettez-moi, La Soif, d'inscrire votre nom
En tête de ce conte où l'on boit comme quatre.

JEAN DE PATMOS A L'ACADÉMIE

~~~~~~~~

Muse! à l'Académie. Eh! oui, l'Académie.
Mais non pas celle où règne une heureuse accalmie;
Où quarante vieillards, gâteux, goutteux, baveux,
Ayant tout juste autant d'esprit que de cheveux,
S'épuisent vainement à finir un lexique.
Non, parbleu! vous allez ouïr d'autre musique.
C'est à l'Académie où l'on boit; le parfum
De l'absinthe se mêle à celui du *pétun*,
Comme dit Saint-Amant. Et c'est là que se farde,
Fumant à petits coups une énorme bouffarde,
Certain vieillard au nez pourpre et champignonneux
Où l'on voit serpenter de petits fleuves bleus.

21

Il paraît absorbé dans une rêverie.

Humant la forte odeur de la distillerie

Qui lui berce le cœur de souvenirs confus,

Il promène ses yeux sur les quarante fûts

Qui trônent, d'un air bon, le long de la muraille.

Cependant, tout autour du vieux, on rit, on braille

Un refrain populaire, et l'on boit d'autant mieux.

Le public de l'endroit est des plus curieux.

D'honnêtes ouvriers y passent leur journée ;

Non loin, des étudiants de vingt-septième année,

Dont les chapeaux sont plus cirés que les souliers,

Font leur droit en buvant du rhum. Ces vrais piliers

De taverne, crasseux, et la barbe biblique,

D'innombrables santés fêtent la république ;

D'ailleurs, ce sont des gens du Midi. — L'on entend

Parler de Sainte-Beuve et de Taine : un instant !

Admirez ces nouveaux personnages du drame.

Ce sont d'ex-normaliens las de tirer la rame ;

Philosophes crottés, Spinozistes fourbus,

Littérateurs en proie aux éternels débuts,

Ils tâchent vainement d'être quelqu'un : l'École

A leurs maigres cerveaux tient comme de la colle.

Ils sont tristes, râpés, misérables ; du vent

Dans leur bourse et dans leur esprit ! Tout en buvant,

Ils parlent de ce siècle avec misanthropie.
Plusieurs ont des habits de bal, à queue de pie ;
Et tous ont des lorgnons d'écaille. — Un peu plus loin
Est un groupe joyeux d'artistes ; dans leur coin,
Il s'agit des *valeurs*, des *motifs*, de la *tache ;*
On débine les vieux, on frise sa moustache,
Et l'on jase de tout et de n'importe quoi.
— Çà et là, quelque ivrogne endurci se tient coi,
Les yeux ternes, le nez flamboyant. La fumée
Fait un épais brouillard dans la salle fermée,
Le tumulte des voix grandit, et peu à peu
Tout le monde se grise et nage dans le bleu.

« Tiens ! ce bon vieux là-bas, regarde donc sa pomme, »
Fait un peintre aux cheveux bouclés, un grand jeune homme
Aux airs de Gambrinus, blond comme le soleil,
Et dont s'épanouit le teint blanc, frais, vermeil,
Dans cette haute salle embrumée et noirâtre.
« Il a l'air de sortir de *Lazare le pâtre,*
Fait un autre, il est toc. » Un troisième rapin,
Suspendu sur le bord de sa chaise, en lapin,
Sorte de matamore à jaquette trouée,
Qui parle d'une voix rauquement enrouée,
Fait observer que l'homme est « très joli de ton. »
« D'abord, il se compose. *Allume* son veston !

Est-il fin, ce vieux-là ! Le blair est rien cocasse...
Ça doit être amusant à peindre, sa carcasse.
Dans le genre de Chose... Eh ! Chose, tu sais bien,
Bibelot, Tartempion ?... — Moi, non, je ne sais rien.
— Attends donc. Ribeira ! j'y suis. — Pâle imbécile !
Dit le grand peintre blond. — Tiens, mais c'est difficile,
Se rappeler le nom des bonshommes. — Quel nez !
Fait un autre. Il n'est pas pour des peintres pannés ;
Il faudrait dépenser trois francs de laque fine
Pour y mettre un glacis... »

                        « Qui donc ça, Lamartine ?
Glapit un normalien dans le groupe à côté ;
Mais il n'a jamais su sa langue ! C'est raté,
Jocelyn. — Moi, d'abord, dit un profond critique
Ignorant comme un cuistre et plein de l'art antique,
Je lui préfère Ausone. » Opinant du bonnet,
Un autre qui jadis accoucha d'un sonnet,
— Un sonnet type, une œuvre absolue et complète, —
« Renan, fait-il, Renan me disait... »

                        « La toilette !
Hurle un des Carpentras, mal mis et mal peigné,
Voilà ce qui nous perd. N'est-on pas *eigndigné*
De voir que dans un *age éclaidé*... — La lumière !

Le siècle, le progrès! — Eh! *pitchoun*, de la bière.
— Vive la Sociale! à *ba* les Charles Dix!
— Té, mon bon, le quartier est mort. — De profundis!
Aboule ce taba*k*. — Je passe mon troisième
Après-demai*gn*e. — As-tu potassé? — Mon système
Est de bûcher le moinss possible. Car, vois-tu,
Quand on est face à face *avé* le nez pointu
D'un é*z*aminateur, on rougit, on voit double,
Et, quand on a bocoup travaillé, ça vous trouble.
— Comme on s'est amusé, tout de même, otrefois!
Le diman*n*che, on allait à de certains endroits,
On sifflait du champagne, on cassait une glace...
Mai*gn*'tenant, les gommeux nous ont pris notre place! »

« C'est très bien, dit un homme en blouse à son copain,
Très bien ; mais l'ouverrier, faut qu'i' vive de pain,
Et le pain, ça s'achète.—Eh! tu n'y comprends goutte,
Répond l'autre maçon. Que veux-tu que l'on φουτε
Si le gouvernement dépense tous nos sous
A gouaper, n'est-ce pas? comme un tas d'hommes soûls...
Alors, quoi? l'ouverrier, qui n'a que sa chopine
Pour se donner du cœur aux boyaux, i' turbine,
Et puis, quand il a bien turbiné, su' la fin
Tout ça n'empêche pas qu'i' va crever la faim !
— L'Haricot, lui répond l'autre, ma vieille branche,

21.

Tu parles comme un zigue. Allons, vas-y, pitanche;
On va casser le cou d'un de ces vieux litrons.
Eh! garçon, du meilleur! Et nous travaillerons
Demain, ou bien le jour d'après. Pas, la Tulipe? »

Cependant le vieillard fume toujours sa pipe.
Il l'ôte quelquefois de sa bouche, et, d'un air
Prophétique, les yeux allumés d'un éclair,
Il grommelle des mots dans sa barbe. La foule
L'enveloppe d'un long bruissement qui roule,
Qui monte et qui s'abaisse. On entend des chansons,
Des clameurs, des éclats de rire ; mais passons
Sur ce tohu-bohu. Tourmenté par son rêve,
L'homme reste pensif. Tout d'un coup, il se lève,
Et d'une voix profonde et terrible : « Écoutez !
Dit-il, écoutez-moi ! Vous tous, vous qui chantez,
Qui buvez et riez, qui ne songez qu'à vivre,
Prêtez l'oreille à ma parole ! Je suis ivre
Du vin de la fureur de Dieu. »

                    Hein ? Les buveurs
Se regardent les uns les autres, tout rêveurs.

D'où sort-il, ce vieux-là? La main contre sa bouche,
Un maçon lui crie : « A quelle heure qu'on te couche? »
Mais le vieux, sans broncher : « Écoutez! je suis Jean.
— De Nivelle! » riposte un Bouillabais. « Renan,
Fait un des normaliens, aurait été bien aise
D'entendre ce bonhomme expliquer la Genèse.
— La Genèse du roi Henri? » souffle un rapin
De la table voisine. « Ah çà, vieil Auverpin,
Dit un des ouvriers, qui n'aime pas les blagues,
Tu vas pas nous lâcher le coude? » Les yeux vagues,
Et le corps secoué par un rire enfantin,
Un poivrot qui boit, seul, sur le comptoir d'étain,
Et qui n'en a bougé touté l'après-dinée,
Mugit lugubrement d'une voix avinée :

    Quand tu devrais crever, tu boiras;
    Nous sommes tous dans l'même embarras.

Cependant peu à peu tout retombe au silence.
Le bonhomme, qui sur ses jambes se balance,
Et qui sans doute a bu trop d'absinthe, reprend :
« Je suis Jean de Patmos. Sache, ô peuple ignorant,
Que voilà deux mille ans à peu près que j'existe;
Il n'est rien d'étonnant à ce que je sois triste.
— Montre-nous tes chevrons, vieux lascar ! Tu dois bien
En avoir aussi haut que Montmartre, eh! l'ancien!

— Taisez-vous, répond l'autre. Et sachez que le monde,

Dont vos corruptions font un cloaque immonde,

Est bien près de finir! Voici la vision

De saint Jean de Patmos, la Révélation

Qui me fut faite, à moi. J'entendis la trompette

Retentir dans le ciel ténébreux... — Est-il bête,

Encor, cet oiseau-là! » interrompt un soulaud.

« Et la terre n'était qu'un immense sanglot,

La mer se lamentait à travers l'étendue,

La lune dans le ciel frissonnait éperdue,

Le soleil devenait tout noir, et l'on voyait

Comme un grand tourbillon d'étoiles, qui fuyait!

—C'est gai, » fait observer un peintre. « Et Babylone...

— Il doit rien se polir fréquemment la *moustache*, »

Dit un voyou, pour être aussi braque. Le vieux,

Exaspéré, reprend : « Oui, j'ai vu de mes yeux

Babylone, la grande impure! Elle était nue...

— Ah! le vieux saligaud! dit quelqu'un. Continue,

Ça se corse. — Elle était vautrée impudemment

Sur le Monstre cornu, son infernal amant.

Tous deux assouvissaient leur luxure sans bornes;

Et cette bête avait sept têtes et dix cornes...

— Il s'est donc marié cinq fois, ton animal?

— Et Babylone était... — Je me fiche pas mal

De Babylone. — Et Bab... — Assez! zut! à la porte!

—Et Babyl...—Qu'il se taise!—Oui!--Non! non!—Si! qu'il sorte!

— Asseyez-vous dessus ! — Et Babylone était
Toute nue, et jouait au soleil, et chantait,
Et s'enivrait du sang des martyrs. — Une grue
Du quartier des Martyrs, alors ! — Elle se rue
Au plaisir ; elle écume ; elle brave son Dieu ;
Et la connaissez-vous, Babylone ? — Fort peu,
Lance un des jeunes gens. Il est vraiment *loufoque*,
Ce corps-là ! — Je m'en vais parler sans équivoque,
Poursuit Jean de Patmos, d'un ton rude. Apprenez...
— Apprends-nous donc comment tu te salis le nez,
Vieux farceur ? — Apprenez que la prostituée,
C'est Paris. Car les temps sont venus ; la nuée
Va bientôt éclater sur vous, et des grêlons
Énormes vont couper les pesants épis blonds.
La colère divine au ciel est toute prête ;
Malheur, quand sonnera la stridente trompette !
Un ange tout à coup jettera sur la mer
Une plaie effroyable, et tout le flot amer
Sera comme le sang d'un homme que l'on tue.
Et tous, tous pleureront leur superbe abattue.
L'eau des fleuves sera frappée aussi ! Mais Dieu
N'aura point de pitié de vos gosiers en feu ;
Il n'exaucera point de tardives prières,
Et l'eau des réservoirs, des étangs, des rivières,
Sera toute changée en absinthe. — Bravo ! »
Rugit la salle entière. « En voilà, du nouveau !

Tout le monde pourra boire à l'œil. — Père Chose,
C'est vous qui n'allez pas gagner gros? Il s'oppose
A tout ça, le patron. — En triomphe, le vieux! »
Mais le prophète, sombre, et roulant de gros yeux :
« L'azur se voilera d'effrayantes ténèbres,
Et, tâtonnant dans l'ombre avec des cris funèbres,
Les hommes se mordront la langue de douleur.
— Ça, c'est moins rigolo, par exemple. — Malheur
A tes parfums, à tes étoffes d'écarlate,
A tout ce qui t'enivre, à tout ce qui te flatte,
Aux mille voluptés qui flottent dans ton air!
Malheur à... — Ça suffit, mon bonhomme. — Un éclair
N'aura pas eu le temps de briller, que ta gloire
S'en sera retournée au fond de la nuit noire;
Et, quand on cherchera par terre tes débris,
On ne trouvera rien de ce qui fut Paris! »

Le prophète, épuisé, retombe sur sa chaise.
Son nez, plus que jamais, brûle comme une braise ;
Ses yeux naïfs ont l'air de deux myosotis
Égarés au milieu de pivoines. « Mon fils,
Dit le vieux au garçon, qui rit d'un air d'augure,
Fiche-moi donc un bock à travers la figure.
Il fait soif. — Permettez, crie un méridional.
Vous allez vous jeter ceci dans le canal.
Eh ! mon brave, buvez *avé* nous. Ça se vide
En deux temps ; ce vin-là, c'est comme un vrai liquide.
Té, mon bon, à la tienne. — A la vôtre, Messieurs,
Dit le prophète ; c'est un velours. » Et le vieux
Est acclamé, choyé, gavé, soûlé. Le drôle
Fait le tour de la salle, et boit à tour de rôle
Avec tous les clients. « Allons, c'était pas mal,
Dit l'homme qui connaît Renan. Du Juvénal,

Mais beaucoup moins serré. Que prenez-vous, bonhomme?
— Une absinthe, Monsieur, s'il vous plait, mais sans gomme. »

Et l'auguste vieillard boit comme un templier,
Comme un fiacre, une éponge, un trou, sans oublier
Les rois de la galette et les sonneurs de cloches ;
Il donne à vingt flacons d'amoureuses taloches ;
Il est plus altéré que trois mille déserts :
Il se pique le nez, il tue un tas de vers,
Il siffle et chiffle, il trinque et chinque, il lampe et lape ;
Ses yeux rêvent, son four s'ouvre, sa langue clappe ;
Son ventre en gargouillant gonfle comme un biniou ;
Il se passe chez pourpre, il se graisse le cou,
Il se durcit l'artère et s'arrose la dalle,
D'un gargarisme frais se fleurit l'amygdale,
Tette, pitanche, soiffe et pompe, dit un mot
A tous les muids voisins, liche, hume le piot,
Lève le coude ; c'est un piffre, un liffrelofre ;
Le liquide bouillonne et mugit dans son coffre ;
Il pinte, il fait carrousse, il godaille, tudieu !
Il ripaille et ribotte... Et moi, je souffle un peu.

*
   * *

« Il a raison, affirme un des *Mokos*. Je gage
Qu'il voulait s'attaquer, à travers ce langage,
A la *codduption eign'pédiale...* »

                         « Tiens !
Dit le critique, il est constant que les chrétiens
N'ont fait que raffiner Platon. D'abord, l'École
D'Alexandrie... — Oh! moi, vois-tu, cette bricole
Ne m'intéresse plus. Je lis tous les matins
L'Anthologie, ou mon Stendhal. Très enfantins,
Les livres de ce vieux Michelet. — Oui, sans doute ;
Mais Renan a bien vu la chose... »

                                   « Je t'écoute !
Dit le peintre enroué, que ça ferait mon pied

Si ce vieux-là venait poser à l'atelier.
Je vous l'empâterais comme il faut... »

                         Mais quel diable
S'amuse à déchaîner ce vacarme effroyable ?
On entend des gros mots, des cris, des juremcnts.
« Tu méprises le *peupe*, ostrogoth, et tu mens !
— Non, c'est toi. — C'est ta fiole, espèce de canaille !
Tu méprises l'honnête ouverrier qui travaille.
— Ah ! tu me fais tarter. — Malhonnête ! — C'est bien,
Ne me retourne pas les sangs. — Grand *prope* à rien !
Roulure ! — Vagabond ! »

                      C'est l'excellent prophète,
Sans doute fort ému d'avoir tant fait la fête,
Qui va se colleter avec un des maçons.
« Je ne veux pas causer à des vieux polissons
De ton espèce, dit Saint-Jean. — Je suis artiste,
Répond l'autre ; j'ai su le métier d'ébéniste.
Mets-toi ça dans les dents, mon vieux. — Mais moi, d'abord,
J'ai vu l'Agneau, sa femme et leurs enfants, la Mort
Sur son cheval, un tas de choses, le tonnerre
Et les éclairs ! Et dans l'Asie on me vénère,
Parce que j'ai bientôt vingt siècles. — Tu sauras,
Toi, mon vieux, que je sais me servir de mes bras,

Et que ça vaut bien mieux que de monter des scies.
— Mais j'ai prophétisé ! — Mince de prophéties !
Je m'en bats l'œil, de tes machines. — Mendigo !
Hurle Jean de Patmos. — Va donc, *Victeur Hûgo !*
Répond l'autre. — Après tout, dit le fougueux prophète
Qui jette brusquement à terre sa casquette,
Tu sauras que je suis démocrate. — Qui ? toi ?
Mais tu n'es qu'un jésuite. — Un jésuite ? et pourquoi ?
— Un diac' ! un ratichon ! un fusain ! Tu jaspines
De l'autre monde, au lieu de boire des chopines ;
Le tonnerre de Dieu, le jugement. Et puis
Tu serais démocrate ? — Oui, chameau, je le suis.
— Non, vieux singe, l'*orang* sent toujours le *macaque ;*
Vous êtes tous pareils, tous, dans cette baraque !
Tiens, laisse-moi tranquille. — Alors, bon gré, mal gré,
Dit Saint-Jean de Patmos, rageant, je t'apprendrai
Que Jésus-Christ était républicain ; et comme
C'est moi qu'est son prophète... »

                         « Il dit vrai, le bonhomme !
Crie un fils du soleil. C'est le Garibaldi
De son temps, nom de Dieu ! l'Évangile est hardi
Pour l'époque. Le Christ était un démocrate !
Il fut socialiste ! — Allons, donne la patte,
Dit Saint-Jean, qui n'a pas de rancune. — Pour lors,
Répond le faubourien, je confesse mes torts ;

Mais tu vas nous payer un litre. — Non, ma vieille,
Riposte le prophète à la trogne vermeille;
Du *cogngi*, si tu veux. — Ça me va. Seulement,
Tu me laisseras vivre, avec ton boniment?
— Oui, mon vieux chandelier à sept branches. Hilaire!
Passe-nous le *shinik*. C'est mauvais, la colère;
Il vaut mieux boire. Eh bien! comment le trouves-tu?
— Parfait! un vrai sirop d'épingue. »

                                    La vertu
Du liquide irritant le cerveau du prophète,
L'harmonieux vieillard vous entonne à tue-tête :

            Eh! tiens donc bon,
            Belle Madeleine,
            Eh! tiens donc bon,
            Belle Madelon!

Mais au bout d'un instant, ivre mort, le bonhomme
A glissé sous la table, et pique un petit somme.
Le spectacle est fini; chacun se lève. « Eh bé!
Dit un des Phocéens, *lou* prophète *ess toumbé*
Sous la *tablo*. — Où donc est Marius? — Bagasse!
Il part comme une louffe. Est-il assez fugace,
Ce κουιλλον-là! — Buvons, messeigneurs. — Je suis paf.
De l'eau d'af! de l'eau d'af! et toujours de l'eau d'af!

                                        22.

— Moi, je vais me coller dans le *corpss* une *ar*sinthe,
Si j'ose m'*essprimer* ainsi dans cette enceinte.
Eh ! garçon ! »

                 Cependant, les peintres vont sortir :
« Quel peut être ce vieux ? dit l'un d'eux. — Un martyr
En rupture de gril. — Un parnassien ? — Un pitre ?
—Ou quelque vieux proscrit de quarante-huit?—Un litre,
Que je trouve le mot de l'énigme ! — Vas-y.
— Le litre tient? Il tient. — Oui, mais pas du moisi ;
Un bon litre à vingt ronds?—Nous acceptons; accouche.
— Alors, la vérité va sortir de ma bouche, »
Reprend le peintre au teint de roses et de lis,
En mettant son chapeau d'un air crâne. « Mes fils,
L'homme que vous voyez, à vous parler sans feinte,
Est un prophète après dix-neuf cents ans d'absinthe. »

LE COCU PAR LUI-MÈME

FARCE AU GROS SEL

A

JEAN RICHEPIN

J'intitule ce conte une farce au gros sel.
J'estime qu'il est bon de risquer des mots drôles ;
J'ai toujours préféré nos vieux rieurs des Gaules
A des enlumineurs de Bible ou de Missel.

Mignon tant qu'il lui plaît peut aspirer au Ciel ;
Pour moi, qui suis Français, j'en hausse les épaules,
Je trouve les Chermains froids comme les deux pôles,
Je flûte un vin de pourpre et j'aspire au dégel.

A JEAN RICHEPIN.

Richep, tu trouveras ma morale congrue;
Bien loin de chevaucher une coquecigrue,
Je vais droit au réel, et j'en fais un tableau.

Je laisse dans son coin l'homme grave qui peste;
S'il lui faut du sublime, il peut boire de l'eau!
Pour moi, je veux qu'on rie, et me fiche du reste.

LE COCU PAR LUI-MÊME

Hourrah ! je vais sortir des êtres amusants.
Je change ma manière, et donne de l'encens
A travers les naseaux de ce vilain bipède
Dont défunt Paul de Kock s'est fait le Lacépède.
A quelle ravigote, à quel beurre d'anchois
Pourrai-je accommoder l'indigeste bourgeois ?
Tant pis pour un palais délicat ou bégueule,
Mais l'assaisonnement emportera la gueule.
La sauce au cocuage est celle qui me plaît ;
Elle me servira d'ail et de serpolet
Que Virgile, rival des sources murmurantes,
Appelait (en latin) des herbes odorantes.

Là-dessus, nous frappons les trois coups ; *tremolo*
A l'orchestre, et voici notre premier tableau.

Dans un appartement quelconque. — Un crâne chauve
Nous va communiquer les secrets de l'alcôve ;
Cet homme (étudiez ce portrait-ci, messieurs :
Fléchier n'a rien écrit de plus délicieux)
Peut tout d'abord sembler jovial ; mais en somme
Il ne l'est pas du tout, et c'est un faux bonhomme.
Donc, ne vous fiez pas à son ventre bombé,
Non plus qu'à son maintien de bon petit abbé.
Il est gras, mais sa graisse est molle ; elle est blafarde,
Sans que le meilleur vin la fouette ni la farde.
Il a de petits yeux qui sont comme percés
A l'aide d'une vrille ; ils paraissent usés,
Et le sont en effet par le travail stupide
Dans lequel s'est muré ce philistin cupide.
Ces yeux gris, pailletés de jaune, semblent morts ;
Mais on les voit souvent étinceler. Alors,
Retranchés et blottis derrière les lunettes,
Ils deviennent aigus comme des baïonnettes.
Le nez, charnu du bout, est plutôt un groin
Qu'un véritable nez. Nous n'aurons pas besoin
De décrire la bouche ; elle est vraiment si mince,
Surtout quand un sourire agréable la pince,

Qu'on ne la voit pas plus que le fil d'un rasoir
Fraîchement aiguisé : quant aux lèvres, bonsoir.
Avec cela, la joue a pris un ton verdâtre,
Car notre homme est toujours rasé, comme au théâtre. —
D'ailleurs, chacun connaît sa hure : tel qu'il est,
Il ressemble pas mal à Charles Monselet,
Gastronome débile, et bien pâle critique.

Ce bourgeois n'eut d'abord qu'une simple boutique,
Laquelle, avec le temps, devint un magasin.
Comme l'air de Paris passe pour fort malsain,
Il traînait sa journée à Pantin, le dimanche.
Il brossait son chapeau de soie avec sa manche,
Et s'en allait, chargé d'un énorme melon
Et d'un pâté de veau pesant comme du plomb,
S'ébattre dans les champs et se vautrer sur l'herbe
Uniquement pour dire : « Il fait un temps superbe. »
Et quand le ciel, gouailleur, se mettait à pleuvoir,
Lui, couvrait son chapeau d'un immense mouchoir
Dont il tenait les coins dans sa bouche. — Ce cuistre,
Derrière son comptoir trônant comme un ministre,
N'eût pas fait à Jésus l'aumône d'un bouton ;
Aussi gagna-t-il gros en vendant du coton,
Des cuirs, de la moutarde, autre chose peut-être.
Pour préciser le fait, il faudrait s'y connaître.

23

Quand il fut riche, ayant quarante-huit ans sonnés,
Au lieu de s'adresser à des charmes fanés,
Lechibre (il s'appelait Symphorien Lechibre)
Prit une jeune femme. Au fait, il était libre.
Cette pensionnaire élevée avec soin
Était, sans contredit, bête à manger du foin,
Chlorotique, ni laide, après tout, ni jolie,
Et (voici l'*ad unguem* d'une épouse accomplie)
Avare, tracassière, et s'habillait fort mal.

Mais il doit se passer quelque fait anormal ;
Car, les traits altérés d'une façon frappante,
Notre négociant, qui s'exaspère, arpente
Un salon enrichi d'une pendule ou deux ;
(Ce salon, décoré dans le genre hideux,
S'en veut probablement d'être tendu de rose.)
Un petit monologue expliquera la chose.
« Marié ! fait Lechibre, et, qui plus est, jaloux !
Infortuné conjoint ! très déplorable époux !
Marié comme quatre, et plus jaloux qu'un tigre,
Je ferais aussi bien de me noyer. Ah ! bigre,
Tout n'est pas folichon dans l'état de mari !
Voilà tantôt six mois que je n'ai pas souri ;
Je deviens jaune et sec... Mais aussi, quelle idée !
Je pouvais tous les mois tirer une bordée,

M'émanciper un peu vers les gros numéros ;
Ou suivre une ouvrière en vieux châle à carreaux,
Que j'aurais éblouie à bon marché. La peste
Soit de mon jugement qui ne vaut pas un zeste !
Un homme qui vous a ramassé tant d'argent...
Mieux valait, sur les ponts, m'établir indigent !
Marié ! — Moi qui peux dire tout haut la source
De ma fortune ! moi, qu'on connaît à la Bourse !
Conçoit-on qu'un drapier, un célèbre drapier,
Ait été se fourrer dans un pareil guêpier ?
C'est à faire glousser de rire les planètes !
Malgré ma calvitie (enfin !) et mes lunettes,
Ma bedaine imposante et mon triple menton,
Moi, Lechibre, marchand de fil et de coton,
Frisant la cinquantaine et défrisé par elle,
Je porte avec candeur le manchon ou l'ombrelle
Que ma douce moitié me flanque sur les bras,
D'un petit air de reine, et sans nul embarras !...

« Mais tout cela n'est rien. Croiriez-vous que Bobonne,
A la musique, hier, reluquait un trombone ?
Ah ! si je surprenais quelque part un amant...
C'est là que je serais perplexe ! — Mais comment
Savoir la vérité ? »

Le marchand de flanelles

Fait des réflexions bougrement solennelles;
Il fronce le sourcil, se frotte le menton,
Ou pétrit dans ses doigts un malheureux bouton
Qui sort, désespéré, de sa capsule en soie...
Tout à coup, le mercier pousse un grand cri de joie;
Il a trouvé! « C'est un stratagème excellent, »
Dit-il avec mystère. Et d'un air insolent
Se posant le chapeau sur l'oreille, le sire
Descend les escaliers en bleuissant de rire.

*
* *

Scène deux ; même endroit. Entre Philoxéra.
Braquez-vous à l'instant, jumelles d'opéra !
Car, un livre à la main, notre aimable héroïne,
Qui pousse des soupirs à fendre la poitrine
(La sienne), va s'asseoir dans un fauteuil moelleux,
Pour y pelotonner son petit corps frileux.
La pauvre âme s'ennuie à périr ; le bonhomme,
Avec son air douceâtre et patelin, l'assomme.
Au fond de la bourgeoise insipide, en dessous
De cette ménagère amoureuse des sous,
Habite un cœur sensible, une imaginative
Éprise d'idéal, et qu'un roman captive.
Peut-être que la chaste épouse du marchand
S'est surprise à jeter les yeux sur le couchant ;
Peut-être que trouvant Lechibre monotone,
Elle a fourré son nez dans les Feuilles d'automne !

23.

Tu peux te ramollir, ma vieille ; pour le moins,
Une âme t'a compris et t'aime sans témoins.
Dans tous les cas, la dame en question dévore
Je ne sais quel roman de Walter Scott. Encore,
Si c'était Paul de Kock ! Mais non, Philoxéra
Rêve qu'un templier poilu l'enlèvera...
Paolo di Kocko (comme eût parlé le Dante)
Resterait éperdu devant cette âme ardente !
Il lui faut un pandour soutaché, bleu de ciel,
Carreau dans l'œil, tout jeune et déjà colonel...
« Et rien ! rien que le bruit d'un corbillard qui passe !
Ah ! les petits oiseaux qui filent dans l'espace !
Les hirondelles qui s'en vont ! Mais moi, mais moi,
Dit madame Lechibre, esclave de la loi,
Je reste à mon foyer sans feu... Que je m'ennuie !
Depuis trois jours, Lechibre est gai comme la pluie.
Tiens ! il fait presque nuit, déjà. Si par hasard
Un joli cavalier, quelque jeune hussard,
S'était amouraché de moi ? Dieu ! quelle ivresse,
Si, ne sachant comment m'avouer sa tendresse,
Il venait, une nuit, me chanter des aveux
Qui parleraient de la couleur de mes cheveux ?
Et que ne dit-on pas dans une sérénade ?
Tout d'abord il louerait ma bouche de grenade...
Ensuite il parlerait de ma fossette ; — non,
Il ne peut l'avoir vue. Et puis, sait-il mon nom ?

Sait-il que j'ai les yeux de nuance changeante ?
Il l'aura deviné, sans doute. Comme il chante !
Quelle âme ! quels accents ! »

                    Ayant ainsi rêvé,
La femme du drapier croit que c'est arrivé.
Elle distingue un bruit d'instrument qu'on accorde,
Un homme tousse et va chanter... Miséricorde !
Elle n'a pas rêvé ! Dans la rue, on entend
De la musique... Pâle, et le cœur palpitant,
Philoxéra, les yeux ouverts comme deux huîtres,
Colle résolument son nez contre les vitres.
On chante ! on parle d'elle ! « O toi, Philoxéra,
Mon amour, mon bijou, mon bien, » et cætera.
Elle boit la musique et les mots par l'oreille !
(C'est par là que se font les enfants). O merveille !
Ses cheveux sont dépeints minutieusement ;
Sa fossette, ses yeux, son petit nez charmant...
Expliquons ce mystère. Un homme est dans la rue
Qui, s'armant d'une mine extrèmement bourrue,
Hurle d'une voix rauque une chanson d'amour.
Ce ténor singulier, cet âpre troubadour
Qui s'est trompé de siècle, apparemment, secoue
Une crinière blonde où le vent frais se joue.
Il a de gros sourcils noirs comme du charbon ;
Sa joue a le teint rose et fleuri d'un jambon,

Et sa lèvre, d'un rouge assez vif, est munie
D'une virgule en poil qui parait infinie.
« O mon Dieu, qu'il est bien! » pense Philoxéra.
Drapé dans son manteau, ce Don Juan, ce Lara
Continue à rouler des yeux pleins de colère
Tout en parlant d'étoile et d'ange tutélaire;
Tandis que, près d'un bec de gaz, quatre Italiens
Font voir suffisamment qu'ils sont musiciens.
Dix-huit chats enroués feraient moins de besogne
Que ces violonards dépourvus de vergogne.
Pendant que, sur un air quelconque, le ténor
Parle de dents en nacre et de cheveux en or,
Un des musiciens, tout en prenant des poses,
Se jette à corps perdu dans la Valse des roses;
Au reste, chacun d'eux enfourche son dada,
Et de vagues lambeaux de l'Amant d'Amanda
Se mêlent plaisamment à des fioritures
Qui rappellent de loin quatre ou cinq ouvertures.
Mais le chanteur qui, pour dominer ces démons,
A bramé sans relâche et crevé ses poumons,
S'écrie avec fureur : « Vous n'allez pas vous taire,
Tas de brutes ! — Signor, doublez notre salaire,
Dit un des Florentins; nous jouerons beaucoup mieux.
— Comment! vaurien, répond le ténor furieux,
N'est-ce donc pas assez de cinquante centimes?
— Nos réclamations, signor, sont légitimes;

Vous nous faites venir du diable...—Attends, bourreau,
Je m'en vais te payer ! » Mais le pifferaro,
Voyant venir des coups, fait un saut, et notre homme
Manque de s'étaler. « Ah ! vraiment ! cette somme,
Dit-il, exaspéré, n'est pas de votre goût ?
Eh bien ! j'en suis fâché, vous n'aurez rien du tout.
— Ah ! bah ! » Et, se mettant en manches de chemise,
L'harmonieux enfant de Naple ou de Venise
Qui, sans le moindre doute, est un Batignolais,
Régale son ténor de deux ou trois soufflets.
Il ne s'en tient pas là. Cette riche nature
Préfère la savate à l'apoggiature :
Il administre donc à son lâche ennemi
Des coups de pied lancés autrement qu'à demi.
Mais, comme il s'entend mieux encore aux coups de langue,
Il vous mène de front la lutte et sa harangue,
Qui consiste surtout à traiter le chanteur
D'espèce de chameau, de vieille puanteur,
De mouchard, de paquet et de bougre d'andouille.

Mais le combat finit tout d'un coup. « La patrouille! »
Fait un des Italiens; « *chassons.* » Et les bandits
De chercher le salut dans leurs talons, tandis
Qu'on voit paraître, au bout de la rue, une paire
De bons sergents de ville à figure prospère

Qui s'éjouissent fort d'avoir enfin quelqu'un
A conduire chez « Bloc » pour bruit inopportun.
Le ténor payerait bien cher cette bamboche ;
Mais, au moment critique, il tire de sa poche
Une clef, ou peut-être un rossignol, et v'lan !
Sans plus se soucier de tout le bataclan,
Il entre chez Lechibre.

« Excusez-moi, madame :
Mais, par le corps du Christ ! un véritable drame
Où j'ai tenu, je crois, le beau rôle, à l'instant
Vient presque d'avoir lieu.—Mais, monsieur...—Pas content,
Le jeune Calabrais ; il a reçu sa pile.
Voyez-vous ce lancier qui m'échauffe la bile !
—Mais, monsieur, je... pardon, mais vous êtes chez moi ?
—Chez vous ? tiens, j'oubliais ; c'est fort plaisant, ma foi.
Mais tu ne sais donc pas, ô perle des cruelles,
Que je t'aime... Parmi ces étroites ruelles,
Je me suis égaré je ne sais quand ; alors
Je t'ai vue, et, parbleu... Votre époux est dehors ?
— Oui, mais il va rentrer. Ah ! je vous en supplie,
Allez-vous-en ! je sais que votre âme est remplie
De sentiments d'honneur ; mais, monsieur, voyez-vous,
Symphorien est d'un jaloux, oh ! d'un jaloux !

— Il a raison, ma chère enfant. Mais, ma poulette,
Vous êtes, j'en suis sûr, dans une erreur complète;
Votre époux est fort loin et ne reviendra pas
De sitôt. Là, causons. Je courrais au trépas,
Plutôt que d'exposer votre honneur. Jeune biche,
Parlons de votre époux. On le dit assez riche?
—Oh! oui, le grippe-sou, qu'il est riche.—Eh! bien, mais,
Il soigne son avoir... Il vous laisse la paix,
J'imagine? Il n'a rien d'un tyran. — Ah! misère,
Mais c'est le plus grincheux despote de la terre!
Il est aussi bougon que vilain, et je crois
Que ce n'est pas peu dire. — Allons donc! bien des fois
On me l'a figuré fringant comme un jeune homme.
Le beau Symphorien, c'est ainsi qu'on le nomme.
Lechibre! il n'a pas la tournure d'un vieillard,
Et passe en maint endroit pour un rude gaillard.
— Vous ne l'avez pas vu, monsieur! Mais on se sauve
Rien qu'en apercevant son crâne informe et chauve.
— Chauve? On m'avait parlé de longs cheveux châtains.
— Il n'en a point du tout! et pas même de teints;
Ses cheveux ont été pris dans un engrenage.
— Mais, madame, après tout, songez bien qu'à son âge...
— Quoi! monsieur, est-ce à vous de défendre un rival?
— C'est vrai; mais, vous savez, l'usage du cheval...
Ah! ma Philoxéra, je t'aime avec furie;
Mais parle-moi de ton despote, je t'en prie,

Que j'agisse avec lui de la bonne façon.
— Oh ! non, partez ; s'il vous trouvait à la maison ?
— Je vous dis qu'il est loin d'ici. Voyons, ma chère,
On ne peut vous taxer de conduite légère ;
Sans doute vous n'avez jamais dans le contrat
Donné le moindre coup de canif ? Hein, mon rat ?
— Hélas ! non. »

Le ténor, ici, fait la grimace ;
Mais bientôt, composant les muscles de sa face,
Il reprend son assiette et dit : « Mon cher amour,
Un seul baiser. — Oh ! non. Ne faites pas la cour
Aux femmes comme moi ; je suis si malheureuse !
Mariez-vous. — Rien qu'un ! — Non, je suis trop peureuse.
Si mon époux rentrait ? »

La dame au nez charmant
En refusant ainsi cède visiblement.
Le ténor, dont les yeux étincellent de rage,
L'amadoue et la flatte ; il lui prend le corsage,
Et pour un rien il va la serrer dans ses bras.
Mais, rougissant avec un pudique embarras,
Philoxéra s'échappe, et, d'une voix émue,
Dit à son tentateur : « Je vais voir dans la rue,
Attendez-moi. »

« Dosbleu ! cuissebleu ! ventrebleu !
Dit l'inconnu, que la fureur a rendu bleu ;
La garce ! la carogne ! A-t-on vu de pécore
Insolente à ce point ? Et sous mon nez, encore !
Avare, insupportable, idiot, chauve, laid,
Ridicule, jaloux, rageur — quel chapelet !
J'étouffe. » Et, s'arrachant sa perruque superbe
De façon à montrer qu'il n'a pas un brin d'herbe
Sur le caillou, notre homme, à moitié suffoqué,
Fait luire un genou jaune et pas sophistiqué,
La boule de billard du marchand de flanelle.
« Fureur ! et lon lon la, cueillir la pimprenelle...
Je divague. Messieurs, plum, plum ! Je suis Lindor.
Quatre francs pour m'orner d'une tignasse d'or !
(Et de location seulement.) Oh ! que faire ?
Faut-il que je me calme et que je persévère ?

Et, si j'arrive enfin au comble de mes vœux,
Si, grâce à ces damnés coquins de faux cheveux,
Je séduis ma moitié, mon morceau légitime...
Mais je suis adultère et je perpètre un crime !
Et si j'allais rentrer tout à coup? Si j'allais
Brusquement apparaître avec deux pistolets?
Je ne peux pourtant pas me battre avec moi-même !
Et pourquoi non? Je suis dans mon droit. Mais je m'aime
Et je ne me veux pas de mal ! Quel cas piteux !
Je vais devenir fou, cela n'est pas douteux. »

Oui, mais un œil s'applique au trou de la serrure.
Pourquoi? Je n'en sais rien ; la maligne Nature
A logé chez la femme un esprit curieux.
Horreur ! Philoxéra n'en peut croire ses yeux.
Symphorien ! c'est lui ! « Quoi ! fait-elle, en colère,
C'est lui qui réussit de la sorte à me plaire !
Ah ! monsieur est jaloux ! monsieur veut éprouver
Si sa femme n'est pas disposée à crever
Le contrat... Il est frais, son contrat ! » Et la belle,
Atteinte brusquement d'une quinte cruelle,
Tousse effroyablement, si bien que le ténor,
Entendant cette toux partir du corridor,
Recoiffe sa perruque. « Ah ! seigneur Dieu, dit-elle
En entrant, sauvez-vous. Quelle angoisse mortelle !

Il n'est plus temps.—Mais quoi? fait-il; que craignez-vous?
—Mon rasoir va rentrer.—Qui?—Mon crampon.—Tout doux,
Ne nous pressons pas tant. Votre mari, ma chère,
Soupe en ville à cette heure et fait très bonne chère.
—Mais il vient, je vous dis! Voulez-vous donc ma mort?
— Ma mignonne, je suis certain... — Ce coffre-fort?
Non, je n'ai pas la clef. Tassez-vous dans l'armoire;
On peut y respirer très bien. — Elle est trop noire!
— Tenez, ce cabinet; » et la douce beauté
Pousse, quoi qu'il en ait, l'homme désappointé
Dans un capharnäum, une espèce d'office,
Et lui claque la porte au nez.

                         « Damné caprice!
Fait le malencontreux époux. Me voilà bien.
Dieu! qu'on est mal, ici! On ne voit rien de rien.
Quelle diable d'idée a-t-elle, la chipie?
Qu'ai-je là sur le nez? Est-ce de la charpie?
Des toiles d'araignée! horrible! »

                             Cependant
Philoxéra, d'un air sauvage gambadant,
Crie à travers la porte : « Ah! monsieur la canaille!
Ah! ténor de mon cœur! C'est ainsi que l'on braille
Sous les fenêtres d'une honnête femme! Bon;
Vous trouverez à qui parler.

       — Pouah ! du charbon,

Dit le pauvre jaloux ; cette perruque blonde
En sera polluée. O déveine profonde !
Être ainsi bafoué par ma femme ! Je vais
Lui conter simplement toute l'histoire. »

          Mais,

Que n'imagine pas la haine d'une femme ?
Celle-ci vient d'ourdir une nouvelle trame.
« Mon mari ! » hurle-t-elle avec transport. Et puis,
Contrefaisant sa voix : « Dieu, que j'ai chaud ! je cuis ;
Tu sais, j'ai marché vite. Eh bien ! chère poulette ?
A votre intention j'ai fait certaine emplette...
Hé ! hé ! ho ! ho ! Venez bien vite m'embrasser. »
Et, posant sur sa main un sonore baiser,
Philoxéra répond de sa voix naturelle.
Elle improvise un acte ; elle jase, elle mêle
Les questions et les réponses.

       « C'est trop fort !

Dit Lechibre. Il faudrait pourtant être d'accord.
Suis-je moi-même, ou non ? Mais je commence à croire
Que je suis ce Don Juan d'immorale mémoire...
J'ai séduit une femme ! — Eh ! non, je suis bien moi.
Philoxéra, mon cœur, je te dirai pourquoi

          24.

Je me suis déguisé. C'est moi! c'est moi! te dis-je!
Retire-moi d'ici, car c'est un vrai prodige
Si je respire encor. Je suis Symphorien!
O ma Philoxéra, ne répondras-tu rien? »

Lui répondre? elle étouffe et sanglote de rire.
Elle pâme, se tord, se roule, a le délire.
Quand l'accès est passé, faisant la grosse voix,
Elle apostrophe ainsi son mari : « Vieux grivois!
Vous venez nuitamment séduire votre femme!
A votre âge, tenir cette conduite infâme!
Pensiez-vous endosser la peau d'un amoureux?
Vos airs de saltimbanque et de Beau Ténébreux
Ne vous maigrissent pas, mon cher seigneur et maître;
Vos vilains petits yeux vous feraient reconnaître
Entre mille, soyez-en sûr. — Eh! quoi! glapit
L'infortuné drapier qui pleure de dépit,
Tu m'aurais reconnu? — Malgré vos boucles blondes,
Il ne m'a pas fallu pour cela deux secondes.
Je m'en vais vous laisser à l'ombre un bon moment;
Ça vous refroidira, monsieur mon fol amant.
— Si tu ne me sors pas d'ici, je me suicide!
— Et comment ferez-vous? — J'ai sur moi de l'acide.
— Prussique? — Non, tartrique. — A merveille; c'est bon
Pour vous calmer un peu le sang, petit fripon.

— O ma Philoxéra, si tu n'ouvres la porte,
Je me mouche dans les rideaux !—Eh ! que m'importe ?
Vous n'en trouverez pas, d'ailleurs. — O mon bijou,
Ma chatte, mon trésor, ma Lechibre, mon chou !
Je suis tout tapissé de toiles d'araignée.
Songe que j'ai reçu ce soir une peignée
En voulant te chanter un air de ma façon.
Comment l'as-tu trouvée, à propos, ma chanson ?
—Charmante.—Eh bien ! mon cœur, ouvre-moi.—Non, vieux drôle !
Il vous faut jusqu'au bout digérer votre rôle.
— Je demande pardon ! — Cela ne suffit pas.
— Et que veux-tu de plus ? — Douze paires de bas.
—Tu les auras.—En soie !—Oui, mais ouvre la porte.
— Puis, je veux un chapeau nuance feuille-morte.
— Tout cela va coûter des prix extravagants !
Dit le mari. — Je veux quinze paires de gants,
A cinq ou six boutons pour le moins. — Je t'admire !
Tu vas me ruiner. — Puis, un beau cachemire,
Avec une parure en corail. Est-ce dit ?
— O misère de moi ! déguisement maudit !
Faut-il de mon plein gré me coucher sur la paille ?
Dire que les garçons vivent dans la ripaille,
Et que moi, moi, Lechibre... — Est-ce bien entendu ?
— Trahi, fait l'autre, mort, écartelé, pendu !
On m'assassine ! au feu ! — Monsieur, dit la bourelle,
Je veux un éventail japonais, une ombrelle

En satin mauve... — Assez, j'implore ta merci.
Je paye tout, pourvu qu'on m'enlève d'ici !
Hip ! hip ! hurrah ! jetons l'argent par les fenêtres.
Je fais broder mon chiffre en perles sur mes guêtres !
Mangeons du caviar ! donnons des bals, tudieu !
Nous aurons un laquais fourré de renard bleu,
Et nous nous torcherons avec de la dentelle !
— Allons, monsieur, sortez de là dedans, dit-elle ;
Et pour cette fois-ci l'on vous pardonnera. »
Et pleine d'un profond dégoût, Philoxéra
Retire de l'office une caricature
Qui talonnait un coffre en guise de monture.
Elle contemple son mélancolique époux
Puni cruellement d'avoir été jaloux,
Et qui se tait, tournant sa perruque frisée
Entre ses doigts, hagard, la moustache posée
En dépit du bon sens, le nez tout barbouillé
De rouge et de charbon de terre, affreux, souillé,
Humilié, confus, repentant...

La drapière
A ce spectacle prend une attitude fière,
Et songe, en souriant d'un air malicieux :
« Et puis, tu le seras tout de même, mon vieux ! »

TABLE

——

FIN DE LA TABLE.

Paris. — Impr. E. Capiomont et V. Renault, rue des Poitevins, 6.

THÉOPHILE GAUTIER
PORTRAITS CONTEMPORAINS

Henry Monnier. — Tony Johannot. — Grandville. — Marilhat. — Chassériaux. — Ziégler. — Ingres. — Paul Delaroche. — Ary Scheffer. — Horace Vernet. — Eugène Delacroix. — Hippolyte Flandrin. — Gavarni. — Joseph Thierry. — Hebert. — Appert. — Dauzats. — Gabriel Tyr. — Simart. — David d'Angers. — Alphonse Karr. — Béranger. — Balzac. — H. Murger. — Méry. — Léon Gozlan. — Charles Baudelaire. — Lamartine. — Paul de Kock. — Jules de Goncourt. — Jules Janin. — Denecourt. — Mlle Georges. — Mlle Juliette. — Mlle Jenny Colon. — Mlle Suzanne Broban. — Mme Dorval. — Mlle Mars. — Mlle Rachel. — Rouvière. — Provost, etc .... 1 vol.

THÉOPHILE GAUTIER
HISTOIRE DU ROMANTISME

Eugène Delacroix. — Camille Roqueplan. — E. Devéria. — Camille Flers. — Louis Boulanger. — Théodore Rousseau. — Froment Meurice. — Barye. — Frédérick Lemaître. — A. de Vigny. — Berlioz. — Célestin Nanteuil, etc .... 1 vol.

HENRI REGNAULT
CORRESPONDANCE

Annotée et recueillie par Arthur Duparc, suivie du catalogue complet de l'œuvre de H. Regnault et ornée d'un portrait gravé à l'eau-forte par M. Laguillermie. SOMMAIRE. — 19 janvier 1871. — Enfance de Regnault. — Ses études. — Ses débuts dans la peinture. — Concours pour le prix de Rome. — Départ pour Rome. — Rome. — Retour à Paris. — Portrait de Madame D. — Second séjour à Rome. — Automédon. — Départ pour l'Espagne. — Espagne. — Madrid. — La révolution espagnole. — Portrait du général Prim. — Troisième séjour à Rome. — Judith. — Salomé. — Départ pour Grenade. — L'Alhambra. — Tanger. — Retour à Paris. — Le siége. — Exposition des œuvres de Henri Regnault. — Catalogue complet de son œuvre .... 1 vol.

ALFRED DE MUSSET
MÉLANGES DE LITTÉRATURE ET DE CRITIQUE

Un mot sur l'art moderne. — Salon de 1836. — Exposition du Luxembourg. — Revue fantastique, etc .... 1 vol.

PHILIPPE BURTY
MAITRES ET PETITS MAITRES

L'enseignement du dessin. — L'atelier de Mme O'Connell J. P. M. Soumy, peintre et graveur. — Eugène Delacroix. — Les Etudes peintes de Théodore Rousseau. — Camille Flers. — Les portraits de Ch. Méryon. — Théodore Rousseau. — Dauzats. — Paul Huet. — Sainte-Beuve, critique d'art. — Gavarni. — Les eaux-fortes de Jules de Goncourt. — J. F. Millet. — Les dessins de Victor Hugo. — Diaz. — Les salons de Diderot, etc .... 1 vol.

Paris. — Imp E. CAPIOMONT et V. RENAULT, rue des Poitevins, 6.